Safar

BY

Dr. Anupama Sharma

pencil

ISBN 978-93-5438-585-8
© Dr. Anupama Sharma 2020
Published in India 2020 by Pencil

A brand of
One Point Six Technologies Pvt. Ltd.
123, Building J2, Shram Seva Premises,
Wadala Truck Terminal, Wadala (E)
Mumbai 400037, Maharashtra, INDIA
E connect@thepencilapp.com
W www.thepencilapp.com

Author biography

मैं एक महिला हूँ, अथाह ऊर्जा का भंडार और स्वयं इश्वर की संसार रचना का आधार। मैं दिल से एक कवित्री और पेशे से असिस्टेंट प्रोफेसर हूँ। जीवन जिस नारी के उदर से आरम्भ होता है, उसी प्रकृति की अभिव्यक्ति हूँ। लिखना मेरा जुनून है। यह मेरे पिता की ओर से मुझे एक उपहार है, मेरे लेखन में उनकी ऊर्जा भी शामिल है, और चेतना भी। मैं कविताएँ और गद्य दोनों लिखती हूँ, मैंने 12 साल की उम्र से लिखना शुरू किया था। जैसे ही पात्र मेरे संपर्क में आए, मैंने कहानियाँ लिखना शुरू कर दिया। मेरा मानना है कि एक कवि हवा के वेग को महसूस कर सकता है, और उसका सार भी। क्यूंकि ये सारा संसार प्रकृति की एक मधुरं कविता है, जिसका प्रत्येक वर्णन काव्य के अलग अलग रंगों से रंगा हैं।

Contents

Epigraph

दोस्तों ये कहानी है प्यार की, यूँ तो हर दिल कभी न कभी धड़कता ज़रूर हैं। ये वो आग है जो हर दिल में लगती हैं, लेकिन सब इस आग के लिए लड़ना नहीं जानते। इसकी शिद्दत को महसूस करना नहीं जानते। ये कहानी हैं मेरी और मेरी जिंदगी की। मेरे रिश्तों की, ये कहानी है उस लड़की की जो मेरे लिए लड़ी और जिसने मेरे लिए जंग लड़ी भी और जंग जीती भी। ये कहानी मेरे सफर और हमसफ़र की हैं, यूँ तो कोई दिक्कत नहीं थी हमें एक होने में, पर फिर भी विचारों की जंग थी जो हमें भावनाओ से लड़नी पड़ी। हम रिश्तो की एक डोर से बंधे थे फिर भी हमें मिलने के लिए जंग लड़नी पड़ी। अब सवाल आता हैं की ये किताब क्यों लिखी, अपने जीवन अनुभव को पन्नो पर उतारने की मेरी चाहत और प्रेरणे मुझे इस लॉकडाउन में मिली और मैंने ये आपबीती लिखी। जंग जब दूसरों से हो तो जीत ज़रूरी हैं, पर जंग जब अपनों से हो तो हार जाना पड़ता हैं। ये जंग अपनों से थी, शायद जंग भी नहीं थी, ये तो सब समझ का फेर था। जिनसे लड़ना था उनसे मुहोब्बत थी, है और हमेशा रहेगी, ये कहानी हैं पुरुष और प्रकृति के जुड़ाव और समर्पण की। ये कहानी हैं मेरी और मेरी पत्नी की और हमारे संघर्ष की...................

पहली मुलाकात

आज अपनी छत पर टहलते हुए एक गीत बड़ी दूर से मेरे कानो में अपनी माधुरी घोल रहा हैं। गीत है ,

" कैसे मुझे तुम मिल गयीं

किस्मत पे आये न यकीन

उतर आयी झील मे जैसे चाँद उतरता है कभी

हौले हौले धीरे से

  यह गीत मेरे दिल के बहुत करीब हैं।   मुझे उन दिनों की याद दिलाता हैं , जब मुहोब्बत जैसा कुछ मेरे ज़हन में आता भी नहीं था। मैं बस अपनी सी ऐ की तैयारिओं में लगा था। मैं एक अंतर्मुखी व्यक्ति हूँ , अपनी भावनाओ को कहना और उनकी नुमाइश लगाना मुझे बिलकुल पसंद

नहीं हैं। मैं अपनी माँ के सपनो को पूरा करके अपने नाम को चरितार्थ लकरना चाहता था। मेरी माँ ने बड़े अरमानो से मेरा नाम अलंकार रखा , वो हमेशा मुझे सूर्य की तरह चमकता हुआ देखना चाहती थी। उनकी छोटी से चाहत थी, इस अलंकार के लिया की मैं उनके आकाश का सूर्य बन सकूँ और सारा खंडन मेरी ऊर्जा से , मेरी रौशनी से जगमगा उठे। हम दो भाई हैं , मैं और मेरा छोटा भाई आयुष। मैं बड़ा और अंतर्मुखी और शानू (आयुष) चंचल , और छोटा, हमेशा ज़िद करने वाला और मुझसे सारी ज़िदो को पूरी करवाने वाला। मुझे उसके इस लड़कपन पर कभी गुस्सा नहीं आया। उसकी ज़िद भी मैं ही पूरी करता और फिर वो मुझसे ही अपनी सारी चीज़ें बाँट लेता। हम एक दूसरे के सबसे करीब थे और हमेशा रहे। मैं अन्तरमुखि हूँ क्यूंकि मेरी कोई बेहन नहीं हैं , मम्मी पापा दोनों गोवेर्मेंट टीचर है और शानू मुझसे ६ साल छोटा हैं। मैंने खुद को अकेला पाया , मम्मी पापा सुबह ही नौकरी पे चले जाते और मैं अपनी अलग दुनिया में रहता। जबकि शानू के लिया हर जगह मैं था , अपनी हर बात कहने के लिया और अपनी हर उलझन बताने के लिया। शानू मुझसे इतना छोटा था की मैं उससे कुछ भी कह नहीं पता था।

वो दिन भी बहुत खूबसूरत थे। और पापा बहुत सख्त स्वाभाव के है सहज उनसे कुछ भी कहना बहुत मुश्किल हैं। मैं हमेशा सोचता रहा के पापा बहुत सख्त हैं , पर अब जब मैं खुद एक पिता हूँ मैंने यह जाना की पिता होना आसान नहीं होता। पिता होना एक दुहरा दायित्व हैं। ऊपर की सख्ती बच्चों को अनुशाषित करती हैं और भीतर की नरमी उन नन्हे

पौधों को बढ़ने देती हैं।   पिता का आयाम छोटा नहीं होता , न ही माँ से काम।   खुद पिता बन कर मैंने पिता के रूप में अपनी शक्तियों को और बंदिशों को जाना हैं।

पिता सिर्फ एहसास नहीं अभिव्यक्ति है

ये रिश्तों में बंधा रिश्तों को मुक्त रखने की आसक्ति हैं।

पिता सिर्फ एहसास नहीं अभिव्यक्ति है

हम रजवाड़ा में रहते हैं। वही हमारा घर हैं। हम मुख्य रूप से आमा गांव के रहने वाले हैं और पापा मम्मी शादी के कुछ ही दिनों बाद अपनी नौकरी के चलते भीलवाड़ा रहने आगये थे। । पापा एक सदा जीवन जीने वाले व्यक्ति हैं और विचारों की सम्पदा को संभल कर रखने के शौकीन, वो जो बनना चाहते थे उन सपनो को मुझमे पूरा होते हुए अब देखना चाहते हैं। अध्यापकों की सहज सख्ती उनमे हमेशा रहती और हम हमेशा अनुशाषित जीवन जीते।

 मेरी बुआ श्रीमती गायित्री देवी की शादी इंदौर में ही हैं, फूफाजी जी श्री श्याम जी भी कपड़ों के कारोबारी हैं। फूफाजी जी चार भाई हैं। फूफाजी के बड़े भाई हरकजी और उनका परिवार फूफाजी बुआजी के साथ ही रहता हैं वहीं उनके सबसे बड़े भाई केदारजी और सत्यनारायण जी एक साथ रहते हैं। इंदौर में ही मेरी मौसी भी रहती हैं। मैं अक्सर जब भी इंदौर जाता मौसी के घर ही रहता, क्यूंकि उन्हें बच्चे और मैं हम उम्र थे,

हमारी बनती बहुत थी है छुट्टियां कब हँसते गाते निकल जाती पता ही नहीं चलता था। बुआ से मिल लिया करते थे कभी कभार एक दो दिन उनके यहाँ चले जाते थे। बाकि का सारा वक्त मौसी के यहाँ हँसते गाते बीत जाता था।

बुआ के घर उनके जेठ का बेटा अंकुर मेरा दोस्त था, हम काफी करीबी दोस्त थे और अक्सर अंकुर से बातें हुआ करती थी। हम साथ पढ़ते, साथ रहते, साथ खाते पीते और एक दूसरे से सारी बातें करते। अंकुर से मेरी दोस्ती सी पी टी पास करने के बाद हुई। मुझे याद है मौसी के बड़े बेटे की शादी थी इंदौर से ही, दीपक भाई बहुत ही प्यारे और रसूखदार थे, उस ज़माने में हम सबको दीपक भाई का व्यक्तित्व बहुत लुभाता था। वो हम सबसे प्यार भी बहुत करते थे। यहाँ एक बात बताना चाहता हूँ, सुना था लोग शादी के बाद बदल जाते हैं तो भैया भी काफी बदल गए। उनकी शादी में हमने सारी तैयारियां की और महिला संगीत को सुरों से सजाने की सारी ज़िम्मेदारी मुझपे आ गयी।

मुझे संगीत में सारे जलसे की अगुआई करनी थी। माइक और संगीत की कमान मेरे हाथों में थी। संगीत को मैंने सुरो से सजाया, कुछ गुदगुदाते हुए शेरो का रंग दिया और ठहाको से महफ़िल को हंसाया। एक शेर मुझे आज भी याद हैं। जिस पर खूब तालियां बजी थी और सबकी वाहवाही भी मिली थी कुछ ऐसा था

यह इश्क़ नहीं आसान बस इतना समझ लीजिये

एक आग का दरिया हैं और डूब के जाना हैं

है दूर बड़ी मंजिल इसलिये कुछ जायकेदार कुरकुरे खाना हैं।

लोगों को लगा मैं इस शायराना अंदाज़ में कुछ दिल की कहूंगा और जब मैंने माहौल को भूक से जोड़ा तो अचानक से हंसी फुट पड़ी। फिर याद आता हैं की महफ़िल को यह रंग क्यों दिया, होने वाली भाभी के पेशकर उनका ये गलियां ये चौबारा पे डांस सबको रुला गया था। क्यूंकि बेटियां तो सांझी होती हैं, बहु अपनी होती हैं पर बेटी का गम सबको अपना लगता हैं। और हमारे जैसा परिवार जहाँ बहु और बेटी बराबर मानी जाती हैं। भाभी की विदाई का गम भी अपना था और नयी लक्ष्मी के घर आने की ख़ुशी भी। हमने शादी के इस उत्सव में बहुत मस्ती की थी, सबको हंसाया और बहुत धमाल किया। ये कहूं की मैंने इस संगीत को यादगार बनाया। ऐसी क्रम में एक वाकया आज भी हंसा जाता हैं, जब भाभी के पिताजी ने मेरा फ़िरों में आना वर्जित कर दिया था। उन्होंने साफ साफ़ शब्दों में मेरे आने की मनाई कर दी थी ताकि शादी हो सके सुकून से। मैं तो मंच पर था सबको नचा भी रहा था और हंसा भी रहा था। मुझे सब देख रहे थे पर दो आँखें कुझे खुद में कैद कर रही थी इसका एहसास भी नहीं था मुझे। मैंने अपनी पसंद के बादामी कुर्ते पैर कत्थई शेरवानी पहनी थी। माँ का कहना था की कोई आज उनका बेटा चुरा ले जायेगा। माँ भी ना..........

एक गाने पे मैंने मम्मी पापा को भी नचाया था। जब उन्हें कहा था उड़े जब जब जुल्फ़ें तेरी पे डांस करने क लिया। सारा हॉल तालियों से गूँज उठा। माँ ने शरमाते हुए दो चार धूमके ही लगाए थे। शरमाये तो पापा भी थे। सभी बहुत खुश थे।

मुझे पता भी नहीं था की कोई अपने नैनो में मुझे कैद कर रहा हैं। यूँही हँसते गाते वो शाम निकल गयी। फिर अगले दिन भाई की शादी बड़ी धूम से हुई थी। बिलकुल शहज़ादे की तरह सजे थे वो। और मौसी ने खूब बलैयां ली थी उनकी। हम सब भाभी का नाम लेकर छेड़ते थे भैया को। और भैया कभी शरमाते थे कभी हँसते थे, मैंने आँखों के कोने से उन्हें दूल्हे के लिबास में खुद को जांचते हुए देखा था। क्यों न हो भाभी हैं भी तो बहुत सुन्दर। शादी की खूबसूरत रस्मो के बाद हम वापस घर आगये भीलवडा। इतने दिनों मुझे अपना फ़ोन देखने का मौका ही नहीं मिला था।

मुझे अच्छे से याद है। की उन दिनों फेसबुक नया था और ऑरकुट बंद हो गया था। मेरे पास कुछ समय पहले एक लड़की की फ्रेंड रिक्वेस्ट आयी थी। एक लड़की की फ्रेंड रिक्वेस्ट आना बड़ी बात थी। मैंने देखा मेरी बुआ के बेटे और बेटी दोनों ही कॉमन फ्रेंड्स में थे तो मैंने रिक्वेस्ट सवीकार कर ली थी। कब्जी कभार हाय हैलो जाता था शिखा से, शिखा ही थी वो लड़की जिसने मुझे फ्रेंड रिक्वेस्ट भेजी थी।

जब मैंने फ़ोन देखा तो शिखा का तारीफ़ों का पोस्ट आया था। उसने मेरी तारीफ़ की थी और कहा था की मुझे ये नहीं पता था की आप अँकरिंग भी करते हैं। पढ़ कर चेहरे पर एक मुस्कान आयी। शैतान दिल ने कहा लड़की तारीफ कर रही हैं। मौका है दस्तूर भी चांस मर सकते हैं।

पर पहले जानना ज़रूरी था। तो मैंने अंकुर को फ़ोन किया पूंछा भाई ये शिखा कौन हैं। उसने बताया अरे तुझे नहीं पता ताऊजी की बेटी हैं मेरी। दूसरे वाले घर में रहती हैं। तूने देखा होगा यार, मैंने सोचा हाँ देखा तो ज़रूर होगा पर ध्यान नहीं दिया।

उन्ही थोड़ा बहुत फेसबुक पे बात होती रही, सिलसिला आगे बढ़ता रहा। मुझे याद हैं मार्च आगया था। मेरा एग्जाम पास ही था, अंकुर बोला इस बार होली बसती की मानले - घर आजा, हमारा नीलिया महादेव जाने का प्लान था। मैंने पापा से पूंछा, पापा ने साफ़ मना कर दिया। अंकुर मेरा बहुत अच्छा दोस्त था, वो बुलाये और मैं न जाऊं ये कैसे हो सकता था। मैं गया मैंने सोचा की अगर मैं सारी रात पढाई करलूं तो पापा मान ही जायेंगे। मैं उन्हें बताना चाहते था की मैंने अपनी पढाई कर ली हैं और होली मनाने से कोई नुकसान नहीं होगा। हुआ भी यही, जब पापा ने मुझे इतनी पढाई करते देखा तो समझ गए की मैं होली अपने दोस्त के साथ मनाना चाहते हूँ। और खुश भी हुए मेरी लगन देख कर। उन्होंने खुद से कहा ढीक हैं जाओ पर ध्यान से। बस मैं निकल पड़ा, अंकुर से मिलने मस्ती करने और होली मनाने, वहां अंकुर के दोनों ताऊजी और चाचा

अपने परिवार समेत थे। सब एक साथ महादेव के दर्शन को पहुंचे थे। ये सारा प्लान तो अंकुर का था। उसने इस बार की होली को यादगार बनाने का इरादा किया था। मैं सीधे नीलिया महादेव पंहुचा। सब से मिलन पैर छूना और सबसे मुलाकात और परिचय हुआ। अब बरी आयी शिखा की जब अंकुर ने मुझे शिखा से मिलवाया।

" ये मेरे ताऊजी की बेटी शिखा ऍम सी ऐ कर रही हैं।"

नाम सुनते ही नज़रें शिखा की तरफ गयी, और वो सारी तारीफें याद आगयी।

जिनपे मैं मुस्कुराया करता था और दिल दबी जुबान में बार बार उन तारीफों को दुहराया करता था।

नज़रें मिली हाँथ मिलाया और एक दूसरे को देख कर मुस्कुरा दिये हम दोनों। फिर अंकुर ने कहा चल चलते हैं मस्ती करेंगे, हँसे बोले पर नज़रें बस शिखा को ही ढूँढ़ती रही, दिल गुनगुनाने लगा

" **दो अनजाने अजनबी चले बांधने बंधबंधन मिलकर क्या बोले** ,"

उसकी नज़रें भी मुझे ढूँढ़ती और तब मन का ही कोई शैतान कोना मुझे सताने लगा के *आँखें भी होती हैं दिल की जुबान, करती हैं हालत ये पल में बयां।*

खैर उस वक्त हमने एक दूसरे से कुछ नहीं कहा बस यूँ लगा निगाहें निगाहों को ढूंढ रही हैं। कहीं न कहीं उनकी निगाहें भी मुझे ही ढूंढ रही

थी। एक लड़की मुझे चाह रही हैं यह एहसास भी गुदगुदाने वाला था।मुझे याद हैं जब सब खाना खाने बैठे तो खाना परसने हो जिम्मेदारी लड़कियों की थी। हर बार वो मुझे एक पूरी और दे जाती, जब परसने आती शर्मा जाती। और मैं मुस्कुरा जाता, अजीब से हालत थे मुस्कुराता था दिल पर दिमाग उस मुस्कराहट को छुपता था।

पर वो कहते हैं न की अनजान सी खुशबू है इश्क़, जो खुद तो महकती है और माहौल भी महका देती हैं। इश्क़ इत्र होता हैं जो लगाने वाले हांथो को भी महकता है और लगने वाले कपडे को भी। जिसकी महक से सारी दुनिया महकती हैं, वो इश्क़ इबादत होता हैं। जैसे हवा चलती हैं कभी बारिश कभी तूफान तो कभो सांसें लाती हैं, हवा जब सांसों से उठती हैं तो मदहोशी भी लती हैं, और बेहोशी भी। और यही हवा प्राणवायु कहलाती हैं। जो जीवन देती हैं।

मैंने इतना खा लिया था के पेट दर्द हो रहा था। और फिर क्या बुआ ने पाचक गोलियां देनी शुरू कर दी। आज भी जब याद करता हूँ वो पहली मुलाकात हँसता हूँ। तब नहीं सोचा था की ये रहें कभी हमारी होंगी। वो पास पहले मुहोब्बत का हलकी सी महक थी। उस वक्त तो बस सी ऐ बनना था, कोई और ख्याल, मन में आता भी न था, बस दिल इस मखमली एहसास को गुनगुनाता था। और उनका चेहरा नज़रों को छू जाता था। वो कोई बहुत खूबसूरत नहीं थी, पर उसकी चेहरे की ताज़गी दिल में जगह बना गयी थी।

"निगाह उनकी हमें जुस्तजू़ सीखा के गयी

नज़र मिलीं तो नज़र हमको गुनगुना के गयी

वो खास है या नहीं दिल ये जनता भी नहीं

मगर कसक जो हैं उनमे वो गीत गा के गयी।

वो उनके आँखों की नरमी महक वो बातों की

वो उनके जिस्म की खुशबू हज़ार बार चली

लबों की रौशनी उनकी मेरे ख्यालों में

के जैसे शम्मा महकती हैं झिलमिला के गयी।"

फिर शुरू हुआ फेसबुक पे मैसेज का सिलसिला। अब तक हम दोनों ने एक दूसरे से अपनी कुछ बातें कर लिया करते। हम दोस्त बन गए थे, अच्छे दोस्त, वो कहते हैं न दोस्ती ही मुहोब्बत हैं। क्यूंकि दोस्ती ही ज़िन्दगी हैं। हम दोनों भी वही मानने लगे। मुझे वो पसंद थी, एक बहुत प्यारी दोस्त की तरह, और शायद उसे भी मैं।

मैं उनके तरफ की चाहत से पूरी तरह से अनजान था। मेरे लिया वो मेरी दोस्त पर शायद मैं उनके लिए बहुत अच्छा दोस्त था। फिर होली के सुनहरी यादों के साथ आया अप्रैल। फेसबुक दोस्तों को एक दूसरे को एक जन्मदिन याद दिलाता है। तो पहली बार शिखा ने मुझे २५ अप्रैल को फ़ोन किया मेरे जन्मदिन पे।

शिखा की आवाज़ का मखमली जादू आज भी याद हैं। मेरा यह जन्मदिन सबसे खास बन गया था। उसने कहा एक प्यारे से दोस्त को जन्मदिन की ढेरो बधाइयाँ।

उसकी आवाज़ की वो मखमली खनक दिल में

एक एहसास ऐ मुहोब्बत की लौ जला के गयी

वो नहीं अप्सरा, पारी वो नहीं,

फिर भी उसकी हया लुभा के गयी।

दिल के दीवारों दर पे यूँ हमने

एक तेरी आरज़ू को ज़द पाया

तेरी आवाज़ की महकती खुशबू

दिल में मेरे शमा जला के गयी।

बीवी की आवाज में मुझे मेरे ख्यालों की दुनिया से वापस बुला लिया। वो कह रही थी अब नीचे आ जाइये, खाना तैयार हैं। मैं मुस्कुराया, तारो की चमक देखी और नीचे चला गया।

आगे की बातें खुद से फिर कभी करूँगा।

शिरडी

आज दिवाली है दिवाली के दिए मुझे शिर्डी की याद दिलाते हैं। शिरडी साई बाबा का धाम , लोगों के लिए शिरडी श्रद्धा का केंद्र हैं मेरे लिये मुहोब्बत का मंदिर और इस खूबसूरत राह का पहला पड़ाव। शिरडी जाने का प्लान मुझे अंकुर ने बताया , हम सभी को जाना था लेकिन ३० तारीख तक कोई जाने वाला नहीं था , सबका प्लान कैंसिल हो गया था , बड़ी मुश्किल से मैंने सबको मनाया , सबकी खुशामद की और सबको तैयार किया। शिरडी का यह सफर मेरे लिये बहुत मायने रखता था। शफर शुरू होने से पहले दिल में एक हलचल सी थी , शिखा को और जानने की हलचल और इस सफर को लेकर मन में एक उन्माद था। वैसे एक बात मेरे ज़ेहन में खुद को बार बार दुहराती है की मुहोब्बत के इस सफर में इस रस्ते पे चलने की हर शुरुआत शिखा जी की थी मैं हर बार उनका साथ देता गया। मुझ तक आने की पहल हर बार उन्होंने ही की,

मैं उनका साथ देता गया जैसे आकाश हर कदम पर धरती का साथ देता जाता हैं, धरती को संभालता जाता हैं। वैसे ही

वो बीज अपने इश्क़ का बोते चले गए

हम बन के गगन राह भिगोते चले गए

उन नन्हे से पौधों को ताज़ी धूप मिल सके

इस वास्ते हम खुद को तपाते चले गए

वो इश्क़ कर गए हमसे, हमें मगरूर बना कर

हम उनकी वफ़ा दिल से निभाते चले गए निभाते चले गए

अगले दिन हम चले साई नाथ के दर्शनों को, ट्रेन इंदौर से चली चित्तौड़ के लिये। शिरडी जाने वाले सब एक साथ थे। शिखाजी, ज्योति, दीपक, मैं, सत्तू अंकल और उनके दोस्त और शिखाजी के पापा और उनके दोस्त दूसरी बोगी में थे, वो ओंकारेश्वर जा रहे थे। ट्रेन में काफी जगह थी शिखा जी और मैं एक दूसरे के सामने बैठे थे। ये वो मंज़र था जिसके लिया मैंने सबको मनाने के सारे जतन किया थे। हम यूँ तो एक दूसरे से बस सफर की, यहाँ वहां की बातें कर रहे थे, हम पूरी तरह से चाह रहे थे की निगाहें कहीं हाल ए दिल बयां न कर दें। ट्रेन अपनी रफ़्तार से चलती जा रही थी पटरियों पे सरपट भगति जा रही थी। और ज़ज्बात काबू करने मुश्किल थे , हम दोनों ही अपने ज़ज़्बातों को काबू करने के लिया कभी ज्योति तो कभी दीपक के बारे में बात करते रहे।

वो आँखों के कोने से मुझे देखती रही,

मैं दिल में उसकी ज़ुल्फ़ों को समेटता रहा

वो धीरे से मुस्कुराती रही

मन उसकी अदा पे फ़िदा हो गया

ट्रेन उदैपर , चित्तौर और रतलाम होते हुए चलती गयी। रतलाम में हमने दूसरी ट्रेन पकड़ी और अब हम एक दूसरे के पास बैठे थे। इस सफर ने मुझे शिखा के लिये अपनी मुहोब्बत का एहसास करवाया। रतलाम से खंडवा पहुंचे और खंडवा से हम चले साई धाम।

मुझे याद आता है हम बीच में इंदौर गए थे मेरी बड़ी बुआ के पास , वो जंगली बाबा के आश्रम गए हुए थे सपरिवार। हम भी वही गए , हम रात में पहुंचे और सो गए। एक कमरा हमारे लिए पहले से था , बुआ ने उस आश्रम में एक कमरा ले रखा था। हम वही ढेहर गए थे। काफी थकन की वजह से हम जल्दी सो गए। हम सुबह जल्दी उठ कर ४ : ०० बजे की आरती के लिये तैयार हो गए। शिखा जी रात भर सोई नहीं थी इसलिये जल्दी जाग नहीं पायीं , मैंने जाते समय उनको एक नज़र देखा और वो मासूम चेहरा देखता ही रह गया।

वो चेहरा , वो काली ज़ुल्फ़ों के साये ,

लगे जैसे काली घटा घिर के आये

वो मासूम होठों की लाली सजाएँ

वो जैसे मेरे दिल में एक घर बनायें

निगाहों से मेरी वो दिल में समायें

कहीं उनको मेरी नज़र लग न जाये

यही सोचता था के छूलू मैं उनको

मगर डर है वो कहीं कुम्हला न जाएँ

इस एक नज़र ने मुझे उनका कायल बना दिया था। हम सब सुबह की आरती करके वापस आकर सो गए , ये नहीं कहूंगा की सब सो गए , मैं सो नहीं सका। वो चेहरा मेरे दिल के दिल के दीवारों दर पे छाप छोड़ने में मशरूफ था और मैं उसे निहारने में , जैसे मैं उन्हें दिल में कैद किये जा रहा था। जाने कब आँख लग गयी पता ही नहीं चला , पर इतना ज़रूर पता था की ख्वाब भी अब बस उनके ही आने वाले थे। जब आंख खुली या जब मैं नींद से जागा सब ७ बजे की आरती के लिया तैयार थे। और जा रहे थे , मैं भी जल्दी से तैयार हो गया , हमने दर्शन किये फिर हम सबने आश्रम देखा और ११ बजे हम शिरडी की तरफ निकल गए। हमने इंदौर से शिरडी के लिये वापस ट्रेन पकड़ी और हम आ गए शिरडी धाम। शिरडी में शाम ४ बजे की आरती का विशेष महत्त्व हैं। हम दोपहर १२ बजे बाबा के दर्शनों के लिये लाइन में लगे और ४ बजे तक दर्शनों को पहुंचे। आरती शुरू हुई जो जहाँ था वहीं रुक गया और फिर हम साढ़े पांच बजे दर्शन कर के वापस आये।

मैं ये नहीं जनता किसने बाबा से क्या माँगा , पर मैंने अपनी मुहोब्बत ही मांगी थी। और माँगा था बाबा का आशीर्वाद इस मोहोबत को मुकम्मल करने के लिया।   बाबा से वादा भी कर लिया की पूरी कर दीजिये अरज मेरी , मैं फिर दर्शनों को आऊंगा। मुझे याद हैं हम दोनों ने साथ ही दुआ मांगी थी , साथ ही दर्शन किया थे। हमने आगे शनि सिंगलपुर पुर के दर्शन भी किया।   अब वक़्त था वापसी का। दोनों ही उदास थे।

सफर मंज़िल से हंसीं हो तो करे दिल भी क्या

साथ जब कोई हंसी हो तो करे दिल भी क्या

हम वापस इंदौर आगये। शिखा जो को वापस उनके घर छोड़ा और मैं बुआ के घर आगया। कहने को ये सिर्फ एक सफर था , पर मेरे लिया मेरी मंजिल का पहला कदम।   जब मैंने अपनी चाहत को करीब से महसूस किया। .....

अब आगे जाना था , यहाँ एक नज़म याद आती हैं जगजीत सिंह जी की

जिस्म की बात नहीं थी ,

उनके दिल तक जाना था

लम्बी दूरी तय करने में वक़्त तो लगता है

नए परिंदों को उड़ने में वक़्त तो लगता हैं

लम्बी दूरी तय करने में वक़्त तो लगता है

आगे ये सफर कहाँ जायेगा कुछ पता नहीं था , पर जाना ज़रूर हैं इतना ही जनता था। और जब शिखाजी जैसा हमनवा हो तो लड़ने का जज़्बा और मज़बूत हो जाता हैं। अभी नहीं पता था की लड़ना है या नहीं , किस्से , क्यों और किस लिया।   अभी तो बस ज़िन्दगी ख्वाबो से भी ज़्यादा खूबसूरत हो गयी थी।

मुझे याद आता हैं इस सफर में जब पहली बार उन्होंने मुझपे हक़ जताया था। हम सब भुट्टा खा रहे थे , ज्योति और दीपक हमारे साथ ही थे , शिखाजी उन दिनों ब्रासिल्स लगाती थी , भुट्टा खाना उनके लिया मुश्किल था , उन्होंने बेहिचक मुझसे उन्हें भुट्टा के दानें निकलने को कहा।   ये पहला मौका था जब उन्होंने मुझपे अपना हक़ जताया था। और हमारे बीच की सारी झिझक को दूर भगाया था। और बिना कुछ कहे ही मुझे अपना बनाया था।

ये क्या अचानक किसीने बड़ी जोर से पताका चलाया , और मुझे सुहानी यादों के सफर से वापस आज में ले आया। ये ज़िन्दगी भी बहुत खूबसूरत है और वो सफर ख्वाब जैसा था। बीवी की आवाज़ ने मुझे वापस बुला लिया , उस हसीना के ख्वाबो से सच की दुनिया में। अरे मेरा बेटा ज़िद कर रहा था राकेट चलने के लिये। इसीलिये वाइफ ने इतने प्यार से बुलाया था। हम दोनों प्यार से बेटे के साथ पटके चलने लगे और जगमगाती दिवाली मानाने लगे।

रंग चोखा इश्क़ का

जी हाँ इश्क़ का रंग बहुत चोखा होता है। चढ़ जाये तो चढ़ जाये, और न चढ़े तो कभी न चढ़े। दिल की दुनिया के नियम भी निराले हैं। ये हैं सारे जग से निराले, कही इश्क़ पानी से हैं तो कहीं आग से। और मुहोब्बत में तो आग भी हैं और पानी भी, अश्क़ भी है और अश्कों की रवानी भी। चाहत के जाने कितने किस्से मशहूर हैं, हर किस्से में एक आशिक और एक माशूक हैं। और दुनिया के कसूर भी हैं। हर मोहब्बत करने वाला दिल ये पूंछता हैं के हमारा कसूर क्या हैं। कसूर सिर्फ ये हैं के अपने हिस्से की ख़ुशी चाही तो चाही क्यों ? आधी दुनिया अपने दुःख से दुखी हैं बाकि की आधी दूसरों की खुशियों से दुखी हैं। सब चाहते हैं के ज़िन्दगी उनके मन माफिक पैटर्न में आये, पर ज़िन्दगी का अपना ही एक पैटर्न होता हैं। और प्यार कभी बता के नहीं आता और डिज़ाइन भी नहीं किया जा सकता, ये तो चुप चाप बिना आवाज़ के, दबे पैर ज़िन्दगी में आजाता

हैं। पता चलते चलते भी काफी देर हो जाती हैं। कैंसर की तरह सेकंड स्टेज में पता चलता हैं, और जब पता चलता है तो आधी दुनिया खिलाफ जो जाती हैं। मानो लोगों को प्यार से परहेज हैं, पर करते तो सभी हैं, हर जवान दिल की एक प्रेम कहानी होती हैं। और हर इन्सां कभी न कभी जवान भी होता हैं।

फिर एक सवाल और भी, की ये सारी दुनिया लोगों से भरी पड़ी हैं, पर कोई एक ही दिल में घर बनता हैं, दबे पाँव दिल के दैरो दरम में चला आता हैं। न रूप न रंग न मज़हब मायने रखता हैं। क्यूंकि प्यार का मज़हब सिर्फ प्यार ही होता हैं, और प्यार हैं तो दुनिया हैं। ये प्यार ही हैं जिसकी स्थापना के लिया राम बन के दुनिया में आने वाले विष्णु को कृष्ण बनना पड़ा। दुनिया को निःस्वार्थ प्रेम का पाठ पढ़ना पड़ा, मर्यादा हर चीज़ हर रिश्ते और हर ज़ज़्बे की होनी चाहिये। पर प्यार सबसे खूबसूरत एहसास हैं, जहाँ नाम भी न हो वहां प्यार होता हैं। गर दिलों में प्यार न हो तो दुनिया नफरत से डर जाएगी और ख़त्म हो जाएगी। कान्हा ने सिखाया के प्यार संसार हैं और सार भी। फिर भी प्यार से परहेज हैं दुनिया को।

वो कहते हैं न " **ये इश्क नहीं आसान, बस इतना समझ लीजिये**

आग का दरिया हैं और डूब के जाना हैं।

शिरडी के बाद जो बातें मैसेज में होती थी वो अब कॉल्स में होने लगीं। मुझे याद हैं १९ जुलाई जब हमने सबसे लम्बी बात की, हम पूरी रात बात

करते रहे। शिखा जी ने मुझे अपने बारे में सब कुछ बताया और मैंने भी उन्हें अब तक के अपने सफर के सारे उतर चढाव बताये। हम सुबह के ४ बजे तक बातें करते रहे

अब बात आती हैं मुलाकातों की तो मुझे याद हैं रक्षाबंधन के बाद मैंने शिखाजी को बिना बताये उनसे मिलने का मन बनाया और उन्हें सरप्राइज देने के इरादे से मैं उनके कॉलेज के रास्ते मे मैं उनसे मिलने चला गया। उन दिनों शिखाजी इंदौर से गंगार जाया करती थी बस से, इंदौर से पहले चित्तौर आना होता था फिर चित्तौर से गंगार। मैंने सोचा मैं भीलवाड़ा से चित्तौर चला जाता हूँ मुझे गंगार की बस में देख कर वो खुश हो जाएँगी। पर ऐसा हुआ नहीं , खैर सरप्राइज देने के मामले में मेरा इतिहास थोड़ा कमज़ोर हैं। तो जब मैं चित्तौर के बस स्टैंड पहुंचा मैंने देखा शिखा जी की बेहेन टीना जिनकी शादी भीलवाड़ा हुई है वो रक्षाबंधन पे मायके आयी थी और आज शिखाजी के साथ वापस लौट रही थी। तो मेरा सरप्राइज यूँ ख़राब हो गया, मैं उन्हें सरप्राइज देने गया था और खुद ही सरप्राइज हो गया। बस से टीना दीदी उतरीं और मुझे उनसे छुपना पड़ा, अगर वो देख लेतीं तो सवाल पे सवाल होते। मैं देखता रहा टीना दीदी और शिखाजी अगली बस में बैठ कर चले गए और मुझे बस पकड़ कर वापस आना पड़ा। शाम को मैंने शिखा को ये सब बताया, वो बहुत हंसी मुझपे, कहने लगी आगे ऐसा कुछ मत करियेगा जब मिलना हो पहले ही बता दीजियेगा। खैर ये मुकालात तो हुई ही नहीं।

अब मैंने फिर से उनसे मिलने के लिया कहा और उन्हें पहले ही बता दिया था के मैं मिलना चाहता हूँ और अकेले ही आना। तो ८ अगस्त को मैं सुबह ७ बजे चित्तौर पांच गया, वो इंदौर की बस से आये और हम दोनों भीलवाड़ा के लिया बस में बैठ गए। उनका कॉलेज गंगार में थे जो रास्ते में पड़ता था। मैंने उनसे आज पूंछा शिखाजी एक बात कहूं। वो बोलीं कहिये , मैंने पूंछा आपको मेरा नंबर कहाँ से मिला और कैसे। तब उन्होंने बताया की उन्होंने मेरा नंबर अंकुर से लिया था। मैंने फिर पूंछा कैसे माँगा आपने , तो वो बोलीं बस कुछ बहाना बना कर मांग लिया। वैसे अंकुर से नंबर लेना कोई आसान काम नहीं था। पर लागी बुरी चीज़ हैं, आज दिल भर के मैं उन्हें देख सकता था, बिना पलके झपकाए। आज भी बस उन्हें देख ही सका, छू नहीं सका। इस खूबसूरत अनकहे रिश्ते को इलज़ाम जो नहीं देना चाहता था। पता ही नहीं चला कब गंगार आगया और उनके उतरने का वक्त हो गया। वक्त जैसे पंख लगा कर उड़ गया था। २७ अगस्त को हम फिर इसी तरह मिले

रास्तों में मुसाफिर की तरह

मैं मिला तुझसे एक सफर की तरह

ये सफर काश सच ही हो हाय

तू मेरा हमसफ़र भी हो जाये

पिछली बार मैंने शिखाजी को एक ब्रेसलेट दिया था जो उन्हें आया नहीं, तो उन्होंने कह दिया लौटा कर दूसरा ला दीजियेगा, ये प्यारा सा तोहफा कहीं खो न जाये। इस बार मैं एक स्लैम बुक ले गया था मैंने उन्हें उसे भरने को दिया और कहा के भर कर ही दीजियेगा, मुस्कुरा दी, मैं एक बार फिर उस मुस्कराहट पे फ़िदा हो गया

अगर हम कहें और वो मुस्कुरा दें

हम उनके लिया ज़िंदगानी भुला दें

एक खास बात मैं बताना भूल गया। मैं अलग अलग १२ हैंडराइटिंग में लिख सकता हूँ। उन दिनों मैं यह बड़े शौक से किया करता था। मैं चाहता था शिखाजी ये सारे ऑटोग्राफ्स पढ़े।

अगली तारीख हैं १२ सितम्बर की हैं। जब शिखाजी ने मुझे एक गाना सुनाया था मुझे आज भी याद हैं। गाने के बोल थे

जब कोई बात बिगड़ जाये, जब कोई मुश्किल पड़ जाये

तुम देना साथ मेरा ओ हमनवा,

हो चांदनी जब तक रात, देता हैं हर कोई साथ

तुम मगर अंधेरो में न छोड़ना मेरा हाँथ।

कोई था न कोई हैं ज़िन्दगी में तुम्हारे शिवा

तुम देना साथ मेरा ओ हमनवा।

ये गीत नहीं था इज़हारे मोहब्बत था। लड़कियां खुल के कह नहीं पातीं पर जैसा की एक मशहूर फिल्म में डायलॉग था की

कोई हसीना कदम पहले बढ़ाती नहीं, न दिल से मज़बूर हो, तो पास आती नहीं, तेरे लिया साहिबा हँसेंगी मैं गाऊँगी, दिल भी बसाया तेरा घर भी बसाऊंगी।

तो इस कहानी में भी हर कदम की पहल शिखाजी ने ही की, मैं तो उनकी चाहत से बस ताल मिलता चला गया। तो पहला इज़हार भी उन्ही का था। मैंने भी उन्हें दिल की बात को गाने में सुनाया था। गाने के बोल थे

अब मुझे रात दिन तुम्हारा ही ख्याल है

बताओं क्या मैं प्यार में दीवानो जैसा हाल हैं।

अगली मुलाकात बहुत साधारण सी थी और खास भी। मौसी की बेटी और इंदौर वाली मौसी के बेटे दीपक भैया जो की पति पत्नी हैं उनके बेटा हुआ था। मौसी ने झरिया महादेव पे एक छोटा सा फंक्शन और पूजा राखी थी। झरिया महादेव इंदौर हो कर जाते थे। सब पहले ही निकल गए बस मैं और पंकज भैया बचे बाइक से ही झरिया महादेव के लिया निकल गए। वहां से लौटते वक्त मैं शिखाजी के घर गया। मैंने उन्हें फ़ोन किया, उन्होंने पूंछा सब अच्छे से हो गया, मैंने कहा हाँ। उन्होंने पूंछा कहाँ हैं मैंने पूंछा घर पे कौन हैं। शिखाजी ने कहा आज पूर्णिमा हैं और पूर्णिमा पर इंदौर का बाजार बंद होता हैं , तो सब घूमने

गए हैं, केवल मैं और मेरी बेहेन घर पर हैं। मैंने कहा ठीक है तो आप गेट खोलो, उन्हें बड़ा आश्चर्य हुआ, मैंने कहा खोलिये तो सही।

और उन्होंने गेट खोला मैं गेट पर था, वो देखते ही रह गयी, समझ नहीं आया क्या कहें , मैं अचानक उनके घर और पंकज भैया साथ में। खुद को सँभालते हुए बोलीं आइये। मैंने कहा मुझे मेरी स्लैम बुक वापस दे दीजिये और ये ब्रेसलेट लाया हूँ आपके लिया इसे लेलीजिये। उन्होंने स्लैम बुक तो दे दी पर ब्रेसलेट नहीं लिया। कह दिया मैं पहनूंगी तो क्या जवाब दूँगी। बाद में ले लूंगी। ये पहला मौका था प्यार की पहली नोकझोंक, मुझे बहुत गुस्सा आया, मेरे इतने प्यार से आया तोहफा लिया नहीं। खैर मैं नाराज़ होकर चला आया।

वो बस देखती रहीं, शाम को फ़ोन कर के पूंछा इतना गुस्सा क्यों और वो ब्रेसलेट कहाँ हैं। मैंने कहा फेंक दिया आपके घर के सामने, मिल जाये तो पेहन लेना। और गुस्से पर फिर से मुस्कुरा दी।

२६ सितम्बर को मैं भाभी को लेने गया था इंदौर मौसी के घर, उस वक्त गणपति महोत्सव चल रहा था। मैं एक दिन रुका और तब पता चला इंदौर में गणपति में डांडिया होता हैं। मैं भी गया और शिखाजी को फ़ोन कर के मैंने बुला लिया था। वहां ३ अलग अलग तरह से डांडिया खेला जाता था। एक तरफ सिर्फ लड़कियां, एक तरफ लड़के और एक तरफ जोड़े से। मैं लड़को वाले में गया, तब जा कर पता चला की वो एक प्रतियोगिता थी जिसमे मुझे पहले ईनाम मिला। उस दिन मैं शिखाजी

को सिर्फ देख ही पाया था। हम वापस आगये और शिखाजी ने फ़ोन कर मुझे मेरी जीत की बधाइयाँ दी और तारीफों का एक समां बांध दिया। एक सैलाब तारीफों का जिसमे मन बह गया और मैं मुस्कुराते मुस्कुराते सो गया। अगली सुबह हम भाभी को लेकर वापस आगये।

हमारी इस दास्ताँ का पहला बड़ा झगड़ा हुआ १७ अक्टूबर को, जब मैंने शिखाजी को चिढ़ाने के लिया उन्हें साक्षी त्रिपाठी के बारे में बताया। आपको भी बता दूँ शाक्षी मेरी बहुत अच्छी दोस्त थी। मुंबई में जब मैं आर्टिकल्शिप कर रहा था। हम एक ही ऑफिस में थे और दोस्त थे, वो मुझे बहुत पसंद करती थी, अक्सर उसकी निगाहें उसकी मुहोब्बत का इज़हार कर ही देती। एक वक्त आया था जब वो बिना शर्म के मुझसे अपने दिल का हाल बयां कर देती थी। एक हाँ के इंतज़ार में थी, कहती थी सब छोड़ के आ जाएगी मेरे साथ। उसकी इतनी चाहत के बाद भी जाने क्यों दिल उसे एक प्यारे दोस्त से ज़्यादा न मान सका।

वो एक प्यारी, सांवली, तीखे नैन नक्श वाली लड़की थी। बाकि सब की तरह सादा सी लड़की, वो चश्मा लगाती थी। इतना तो मैं कह सकता हूँ की उसकी दोस्ती और प्यार दोनों ही सौ टका सच्चे थे। जाने कैसे उसे मैं पसंद आगया, न कभी मैंने दिखावा किया न कभी सज कर ऑफिस गया। बस सादा से कपडे पहनता था और अपने काम पर ध्यान देता था। उसे मेरा सादापन बहुत पसंद था। बस इतना ही कहती थी की मुझे आपकी सादगी पसंद हैं। उसके खुल कर इज़हार करने के बाद मैं अक्सर

महसूस करता, जब वो मेरे लिया सवारती और यही चाहती की मैं चाहे एक नज़र देखूं पर उसे देख ज़रूर लूँ। मैं उसे देखता भी पर एक दोस्त की नज़र से, उसे मेरी नज़रों में अपनी चाहत का जवाब चाहिये था, जो न ढूंढ पाने की वजह से मैंने उसका खिला हुआ चेहरा मुरझाया हुआ भी देखा। पर क्या करता, वो मेरे दिल में एक प्यारी सी दोस्त की तरह हमेशा रही पर प्यार नहीं बन सकी। शायद इसी लिए किसी ने कहा हैं

ये इश्क बड़ा फितूरी हैं

ये हो जाये तो हो जाये

न हो पाए तो न हो पाए

दिल की दीवारों पे कोई एक नाम होता हैं

जिसके सदके ये सारा धोका हैं।

उसकी शादी होने तक वो मेरे संपर्क में थी। फिर वो समझ गयी की दोस्ती मुहोब्बत से भी बड़ी होती हैं। हर रिश्ते का आधार होती हैं, और प्यार मिले न मिले दोस्त नहीं छूटना चाहिये।

आज भी वो मैसेज करती थी, उसकी चाहत की शिद्दत मैं आज भी महसूस कर सकता था। मैंने शिखाजी को साक्षी के बारे में बताया था। तो बस यूँही आज उनके दिल की बात जानने के लिए मैंने उन्हें बता दिया की शाक्षी का मैसेज आया हैं। वो रूठ गयीं और ऐसी रूठी की ३० घंटे मानी ही नहीं, न फ़ोन के जवाब। मैं सारी कोशिशें कर के हार गया पर

उनका गुस्सा नहीं उतरा। मैंने सोचा ये नहीं हैं, तो उनका गुस्सा भगाने के लिये मैंने उन्हें एक और मैसेज किया के शाक्षी मुझसे शादी करने के लिया आरही हैं, कल सुबह की फ्लाइट हैं उसकी और मैं उसे लेने के लिया जयपुर जा रहा हूँ। आप भी चलो मेरे साथ। तब जा कर कहीं उधर से वापस कॉल आया। धीरे धीरे बात हुई गीले शिकवे दूर हुए और फिर उन्होंने कहा, मुझसे ऐसा मज़ाक न करियेगा, मैं बहुत संवेदनशील हूँ। मैंने कहा ठीक है माॅफ कर दीजिये।

जिंदगी उनके फ़ोन के सहारे कटती रही। फिर शिखा ने मुझे बताया था की उन्हें उदयपुर जाना हैं अपने ब्रसेल्स की जाँच करवाने के लिये, मैंने सोचा क्यों न मैं उन्हें सरप्राइज कर दूँ। पर जैसा की अचंभित करने के मामले मेरा इतिहास ही ख़राब हैं, मैं जाता हूँ अचंभित करने और खुद हो जाता हूँ। वैसा ही इस बार भी हुआ, मैं चित्तौर गया और देखा स्टेशन पे वो आये के नहीं, उन दिनों शिखाजी इंदौर से चित्तौर जाया करती थी फिर चित्तौर से उदयपुर जाती थी। मुझे पता था की शिखाजी को जाना हैं तो मैं भी चला गया, पर स्टेशन पे देखा की उदयपुर की ट्रैन आगयी और वो आयी ही नहीं, ट्रैन जाने वाली थी। फिर मैंने सोचा चलो घर से आया हूँ तो उदयपुर घूम आता हूँ। मैं चला गया उदयपुर और बहार के गेट पर खड़े होकर भी मैंने इंतज़ार किया शायद स्टेशन पर कहीं हों तो मिल जाएँ पर ऐसा हुआ नहीं। फिर मैंने शहर घुमा और लंच करते वक्त मुझे एक कॉल आयी किसी अनजान से नम्बर से, मैंने कॉल उठाया उधर से शिखा जी थी। बोलीं कहाँ है आप, मैंने बताया वो बोलीं रुकिये मैं आती

हूँ। जब वो आयी तब मुझपे मुहोब्बत झूम के बरसी। बहुत डांटा मुझे, सिर्फ इतना ही कहा की मिलना ही था तो बताया क्यों नहीं, यूँ परेशां तो न होना पड़ता। प्यार मिली ये डांट बहुत मीठी थी। हमने साथ बैठ कर संकल्प में ही लंच किया और वापस आगये।

अगली बार हम बात कर के मिले एक दूसरे से और ये मुलाकात बहुत खूबसूरत रही। फरवरी के अंत तक शिखाजी के ऍम सी ऐ के एग्जाम ख़तम हो गए थे और उन्हें ट्रेनिंग के लिया उदयपुर जाना था। वो अपनी पांच सहेलियों के साथ उदयपुर चली गयी और मैं पंकज भैया के पास जयपुर आगया पढाई करने के लिये। अब मुलाकात तो संभव थी नहीं इसलिये मैं भी जयपुर चला गया। मेरा विश्वास था के जब मैं घर से दूर रह कर पढाई करता हूँ तब ज़रूर पास हो जाता हूँ। बस यूँही हम एक दूसरे से बात करते रहे फ़ोन पर और पढाई करते रहे।

वो त्रासदी

मई २०१३ आगया और मैंने मम्मी पापा को घूमने के लिया कहा। वो दोनों केदारनाथ जाने का प्लान बनाने लगे, और चले गए जून में।

२०१३ की जून भारत को एक ऐसे हादसे से मिलवा कर गया जिसे भूलपाना बहुत मुश्किल हैं। पापा मम्मी मेरी दो मौसी एक मौसाजी, जीजाजी और दीदी केदारनाथ के दर्शनों को गए थे। १६ जून की सुबह उन्होंने बाबा केदारनाथ के दर्शन किया सुबह से हलकी बारिश थी। किसी को यह अंदाज़ा भी नहीं था ये इतना भयानक हो सकता हैं। सुबह खूबसूरत केदारनाथ के पर्वतों पर ऐसी लगती है जैसे जन्नत ज़मीन पर उतर आयी हैं। दूध सी धूली वादियां, जमा देने वाली दंड और हिमालय की इन मनोरम वादियों में बाबा केदारनाथ का दिव्य मंदिर। लगता हैं जैसे भोलेनाथ के धाम आगये हैं। बाबा केदारनाथ की शरण में पहुँच कर हर मनुष्य का मन भक्ति और समर्पण में ऐसा डूब जाता हैं की न तो

तन को ज़माने वाली सर्दी सताती हैं और न ही पैरो को गला देने वाली बर्फ, ईश्वर से मिलने और उसमे विलीन हो जाने की चाहत इतनी प्रबल हो जाती हैं की हम सब अलंकार , शिव, और किशोर न होकर सिर्फ और सिर्फ भक्त रह जाते हैं। और सिर्फ एक आत्मा होने का बोध आता हैं, जो तत्पर है अपने परमात्मा से मिलने के लिये। शायद ही किसी भक्त के मन में वापस दुनिया में आने की चाह रहती होगी। और केदारनाथ की सुबह, सबसे पहले सूरज भी बाबा केदारनाथ के चरण छूने आते है , उनसे आज्ञा लेकर ही बाकि के संसार को जीवन देने वाली रौशनी और ऊष्मा देते हैं। केदारनाथ पे बाबा के मंदिर के पीछे की पहाड़ी सूर्य की किरणों से दमक उठती हैं और लगता है जैसे सोने के इस पहाड़ को बाबा के चरणों में खुद धरती माँ ने समर्पित किया हैं। और बस इतना ही महसूस होता हैं की भोलेनाथ की चरण राज पाकर ही ये विशाल पर्वत स्वर्णिम हो गया हैं।

जीवन और प्रकृति जहाँ एक साथ मिल कर सृजन करते हैं और सृजित होती हैं वो नदियां जो सारे संसार को अमृत देती हैं। इन्ही वादियों से होते हुए आती हैं मन्दाकिनी और अलखनंदा, जो आगे जाकर मिल जाती हैं और बनती हैं माँ गंगा। वही माँ गंगा जिसे इंग्लिश में गॉडेस रिवर और संस्कृत में वैतरिणी, भागीरथी, गंगा कहते हैं। माँ गंगा मोक्षदायनी हैं, जीवन दायनी हैं और तारिणी भी है।

नज़रें जिस दिव्या खूबसूरती को एक बार देख कर कभी न भूल सके वो मंज़र हैं केदारनाथ और देवभूमि उत्तराखंड समस्त ३४ प्रकार के देवी देवताओ के साथ भोलेनाथ को नमन करती हैं।

पर इस बार यही वैतरणी जो जीवन और मृत्यु के बीच से रास्ता निकलती हुई मुक्ति तक ले जाती हैं, जो अपने माँ होने के सारे फ़र्ज़ निभाते हुए सबको मुक्ति देती हैं, जिसे हर हर गंगे कह कर सब सम्बोधित करते हैं वही माँ गंगा राख की जगह लाशों को ढोने वाली थी। १९-२० जून से तटीय इलाकों में रहने वालो की आँखे माँ गंगा का ये विकराल रूप देखा कर दांग रह गयी, जिस गंगे महारानी में लोग आस्तियां सदियों से विसर्जित करते आरहे हैं वो माँ आज लाशें बहाये ले जा रही थी, मंज़र देखा न जाये हालत इतने भयावह थे। पता चला ऊपर केदारनाथ धाम में महाजल प्रलय आयी हैं। टी. वी पर भी लगातार न्यूज़ आ रही थी ऐसी भयानक त्रासदी जिसे मानवता कभी भूल नहीं पायेगी। ये ख़बरें १६ जून की रात से आई और शाम तक हम इस बात से पूरी तरह से अनजान थे। अंकुर, आशीष और मैंने १६ की शाम को एक साथ खाना खाया। उनकी इच्छा के लिया मैंने दाल चावल भिंडी की सब्ज़ी और आम का रस बनाया था। और हम तीनो एक रात एक साथ ख़ुशी से बिताना चाहते थे, इस महा त्रासदी का हमें कोई अंदाज़ा भी नहीं था।

पापा मम्मी भी इस महा जल प्रलय के वक्त इस विभीषिका के गवाह बने। मेरे जीवन का एक ऐसा अनुभव है ये जिसे मैं चाह कर भी याद नहीं करना चाहता। मैंने अपने मम्मी पापा को खोने का दर्द जिया। कोई अपना चला जाये तो दिल संभल जाता हैं पर जब खोने और पाने के बीच मन फंस जाता हैं तब इंसान जैसे झटपटता हैं मैं वैसे झटपटाया। तब जाना मैंने के मम्मी पापा मेरे लिया क्या हैं। उन्होंने सिर्फ मुझे जन्म नहीं दिया, वो मेरा जीवन हैं, मेरी ज़िन्दगी में उनके बिना कुछ भी नहीं हैं।

महेश जयंती के दिन मेरी पापा से बात हुई, तारीख थी १६ जून, फिर सिर्फ टी वी पर न्यूज़ आरही थी और न्यूज़ के मंज़र मुझे, मुझे हिला रहे थे। पल भर को लगा मैं अनाथ हो गया, अब कभी मैं नहीं देख पाऊँगा मम्मी पापा को, मैं टी वी देख रहा था, आँखे कब नाम हुई पता ही नहीं चला, आंसू धार बांध कर बह रहे थे, तभी शिखाजी का फ़ोन आया उन्हें पता था की मम्मी पापा केदारनाथ गए हैं। उन्होंने मुझे संभाला और हिम्मत दी की मम्मी पापा ठीक हैं उन्हें कुछ नहीं हुआ, आप जाइये उन्हें ढूंढ कर आइये। मुझे होश आया और मन में रट लग गयी मम्मी पापा को वापस लेकर आऊँगा। मुझे नहीं पता था इस बीच मुझे कितना भटकूंगा कितनी बार मैं हिम्मत हरूँगा। तभी मामाजी का फ़ोन आया बोले टिंकू (मेरा घर का नाम) चल जल्दी हमें चलना हैं, मैंने नहीं पूँछा कहाँ, बस तैयार हो गया। मामाजी, मैं और भैया देहरादून निकल गए। वहां जा कर हम पापा मम्मी को ढूँढ़ना लगे। वहां का हाल देखा कर

लगा जैसे सारी मानवता सो गयी हैं। मैंने देखा लोगों को बेहाल, किसी का हाँथ टूटा, किसी का पैर , कपडे फटे हुए, इस लग रहा था जैसे मौत से बच कर जो आये हैं वो अगर इस हाल में हैं तो जो फंसे हुए हैं उनका क्या हाल होगा। जाने कितने घर बिखर गए कुछ पता नहीं चला। हम ढूंढे रहे १६, १७, १८, १९ जून कहीं कुछ पता नहीं चला। इस दौरान हर थोड़ी देर में शिखाजी फ़ोन करती रही मुझे हिम्मत देती रही। मैंने तो कभी सोचा भी की शायद अब नहीं हैं मेरे मम्मी पापा, पर शिखाजी ने हमेशा यही कहा की वो हैं, मिल जायेंगे, अभी तो हमें उनकी सेवा करनी हैं । वो हमारे हैं और ज़रूर वापस आएंगे। उनका एक फ़ोन मेरे दर, मेरे शक और मेरी उदासी को कोसों दूर भगा देता और मुझे नयी उम्मीद दे जाता। आज मुझे शिखाजी को अपने लिया चुनने का कोई गम नहीं था। वहां वो शानू को भी लगातर हिम्मत बांधती रही। १९ तारीख को जब कोई खबर नहीं मिली तब मामाजी ने आगे जाने का फैसला किया, मैंने भी जाना चाहता था पर नहीं जा सका। मामाजी ने कहा यहीं इंतज़ार करों अगर वो यहां आते हैं तो कोई तो मिलना चाहिये ना, तभी दूर से कुछ लोग आते दिखाई दिए। हमें तो उन्हें पहचान ही नहीं सके, तभी मामाजी को मम्मी की आवाज़ सुनिए दी, मामाजी को आवाज़ से पहचाना अरे माया। तब हमने मम्मी पापा दीदी और जीजू को पहचाना, पर दो मौसी और एक मौसाजी अभी भी नहीं थे। उनका कुछ पता नहीं चला। उस वक्त समझ में नहीं आ रहा था की किसे कहाँ ढूंढे। हमने मौसी और मौसाजी को बहुत ढूंढा पर कोई खबर नहीं मिली। हार के

देहरादून में हमने अधिकारियों से बात की, उन्होंने कहा जैसे भी खबर होगी हम आपको बताएँगे अभी आप घर जाएँ। वे जल्दी से जल्दी लोगों को वहां से अलग करना चाहते थे ताकि भीड़ कुछ कम हो सके। माहौल थोड़ा हल्का हो सके। उस वक़्त तो हम वापस आगये इस उम्मीद के साथ की जो खो गए हैं वो मिल जायेंगे।

घर आकर जब हमने देखा की वो बहुत परेशान हैं तो हमने मम्मी पापा को कुछ दिन आराम करने दिया। पर अख़बार वाले उनका इंटरव्यू लेना चाहते थे तो उन्होंने उनका आँखों देखा हाल सुना।

मम्मी ने बताया १५ की रात तक वो गौरीकुंड पांच गए थे और सुबह अगले दिन १६ जून को वो चले गए बाबा केदारनाथ के दर्शनों को। जब वे ऊपर पहुंचे तब बारिश शुरू हो गयी थी। बारिश में ही उन्हीने भोलेनाथ के दर्शन किया और लौटने के लिये निकल पड़े। मम्मी मेरी दो मौसियों और मौसाजी ने खच्चर कर कर लिया था और पापा दीदी और जीजू पैदल ही वापस रवाना हुए। वापस आते आते मम्मी, मौसी और मौसाजी काफी आगे निकल आये थे पैदल वालों से। रात होते होते बारिश बहुत ज़्यादा हो गयी थी तो मम्मी और बाकि सब एक बड़ी सी चट्टान के नीचे इखट्टे हो गए थे। पीछे से मौसी और मौसाजी भी आगये और उसी चट्टान के नीचे इखड्डा हो गए। देखते ही देखते उस चट्टान पे लगभग ५० लोग एकत्र हो गए थे। रात गहरी होती जा रही थी, ढंड बढ़ती जा रही थी, ऊपर से लगातार तेज़ होती बारिश। सब छुप गए जिसे जहाँ जगह मिली,

मम्मी रात भर घुटनो को पेट तक समेटे रही और बैठ कर बारिश थमने का इंतज़ार करती रही। ज़ोरों का पानी का शोर, भयानक बारिश और बेहता हुआ मलबा तरह तरह से डरावनी आवाज़ें करता रहा। कान सुन्ना हो गए थे, मेरी माँ के जीवन का यह वो पहला मौका था जब उन्होंने पापा की सुध नहीं ली। लेती भी कैसे पता ही नहीं था के उनका जीवन साथी इस महा सैलाब में कहाँ हैं, बस रात भर अपने पति की सलामती की दुआ मांगती रही, और मांगती रही अपनी बहनो, बेटी, दामाद और बहनोई की सलामती। दंड से शरीर अकड़ा जा रहा था, हाड कंपा देने वाली दंड, भूँक, गीले कपडे और डरावनी बारिश और सैलाब ने दिमाग को सुन्न कर दिया था। ऐसा लगा १६ जून ज़िन्दगी का आखिरी दिन हैं। मौत को करीब से देख रही थी वो, बेहद करीब से, शायद ये उम्मीद भी नहीं थी की उनके जीवन में कल का सवेरा आएगा। बिना किसी उम्मीद, बिना किसी एहसास के बस साँसे चल रही थी। सवेरा हुआ, मम्मी ने देखा अब बारिश हलकी हुई हैं। आस पास देखा तो पाया कि जहाँ कल तक ५० लोग थे वहां आज १२ लोग ही बचे हैं। मम्मी ने बेतहाशा अपनी बहनो और बहनोई को ढूंढा, पर कोई नहीं था, यहाँ तक की वो खच्चर वाला भी नहीं था। मम्मी को लगा जैसे वो कुछ भी महसूस नहीं कर सकतीं, पर जीवन इसे ही कहते हैं। चलते जाना जीवन हैं, मौत है रुक जाना। शायद मम्मी को आस थी की वो सब कहीं आगे मिल जायेंगे। बाकि बचे लोगो के साथ थोड़े ही आगे चलीं थी तभी एक चट्टान पर बैठे पापा मिल गए। पापा के साथ दीदी और जीजाजी भी थे। मम्मी

की जान में जान आगयी। अँधेरे में उम्मीद की किरण खिल पड़ी। पापा को देख कर उन्हें लगा जैसे उन्होंने सारी दुनिया पा ली। पापा जहाँ रात रुके थे वह एक ऊँची जगह थी और उन्हें पता भी नहीं चला इस जान-लेवा बरीश और केहर के बारे में। फिर वो लोग आगे बढे और एक सूखी जगह इखट्टा हो गए, जहाँ पापा मम्मी रुके वहां शाम तक लगभग १०० लोग हो गए थे। उस चट्टान के इलावा वहां कुछ नहीं बचा था। आगे का सारा रास्ता बह गया था मिटटी धंस गयी थी। न आगे जाने का कोई रास्ता था न पीछे जाने की कोई जगह, किसी तरह एक रात और कटी। न खाना न पानी, बस एक दूसरे का साथ था जिसके सहारे सब ज़िंदा थे। १९ तारीख से भारतीय वायु सेना के हेलीकाप्टर आने लगे थे। सबको उम्मीद जगी की ये हेलीकाप्टर हमें अपलिफ्ट करेंगे पर ऐसा कुछ नहीं हुआ। धीरे से वहां एन दी आर ऍफ़ की टीम आयी। और दो लोगों को वहां छोड़ आगे निकल गयी। हेलीकाप्टर से बिस्कुट जा रहे थे। वो इतनी ऊंचाई से खाना फेंकते की १० पैकेट में से ५ झरनो में या नीचे चले जाते, और १०० लोगों बीच ५ पैकेट ही रह जाते। ऐसी तरह और एक दिन गुज़रा। कुछ लोकल लोग मदत के लिया आये। एक लड़का आया बोलै साहब ५००० रूपए लूँगा आपको नीचे लेजाऊंगा। सबको मिला कर देखा तो ४००० ही मिले। उस लड़के में इंसानियत थी वो ४००० में ही ले आया।

अब एक भयावहता से भी ज़्यादा बड़ा रास्ता आगे था। वो पहाड़ियों से, ऊँचे नीचे रास्तों और सकरी पगडंडियों से किसी तरह लाने लगा। अब

इतने दिनों की भूक के बाद जैसा भूक मर गयी थी। खैर थोड़ा बहुत ताकत थी, तभी रात एक अस्तबल में गुज़री। वहां कुछ चने थे जो घोड़े वाले अपने खच्चरों की लिया रखते थे। वही पानी में भिगो लिये और सुबह होने पर खा लिया सबने। उस वक्त किसी को वो घोड़े का खाना नहीं लगा, यह समझ आया की अन्न क्या होता है। आगे चलने की ताकत आएगी थी, आगे का सफर भयानक था, जैसे जैसे वो नीचे जा रहे थे पानी अपने साथ बहा कर लायी मिटटी, पथ्थर और लाशे दिखा रहा था। लाशो का ये मंज़र कभी नहीं देखा पहले। एक भी शव पहचान पाना मुश्किल था, लाशे, मिटटी और लाशो की गंध। एक जगह तो लाशें इतनी थी की ज़मीन को देख पाना मुश्किल था। सब थम गए, एक ज़िन्दगी में इतना बड़ा सच देख कर नसें जम गयी थी।

फिर वो लड़का बोला रुकिए मत, रुक गए तो आप इन में से एक हो जायेंगे और अगर चलते रहे तो पार उतर जायेंगे। इन लाशो पर पैर रखिये और चल पड़िए, ये जीवन हैं साहब, और यही सच हैं हम रोज़ लोगो को मरते हुए देखते है। रोज़ ज़नाज़े देखते हैं पर फिर भी अपनी नश्वरता को स्वीकार नहीं करते और अहंकार करते हैं, जैसे सदा के लिए हम यही रहने वाले हैं। उस लड़के की ये बातें वही जीवन दर्शन याद दिला गयी जिसे हम सब जानते हैं और मानते भी हैं पर भूल जाते हैं। उसका जीवन दर्शन हमें फिर जीने की राह दिखा गया और वो आगे बढे लाशो पर चढ़ कर। जिनसे लाशो से हम डरते हैं, जिनकी अंतिम क्रिया करते हैं आज वही लाशे उनके पैरो तले थी। रोने के लिया वक्त नहीं था, जो खो

गए लाशों के उस ढेर में उन्हें भी नहीं ढूंढा, बस आगे बढ़ गए। किसी तरह वो नीचे आये, पैरो से खून बह रहा था, कपडे फट गए थे, गला सूख रहा था। पर जीवन मांग रहा था की बस चलते जाओ, चलते जाओ।

हम गौरीकुंड आ गए। लगा यहाँ राहत मिलेगी पर यहाँ का मंज़र और भी ख़राब था। पता ही नहीं के हम जिस मलबे पर खड़े हैं वो कहाँ हैं। कहाँ मंदिर कहाँ धर्मशाला कुछ नहीं पता। ये सारे नज़ारे आँखों को जमा देने वाले थे। वो लड़का फिर बोला चलिये जल्दी रुक नहीं सकते वरना हम डर से ही मर जायेंगे। वो किसी तरह देहरादून आये जहाँ उनके हम मिले। पाने माँ बाप को वापस पा कर मैं खुश हो गया। मानो जान में जान आगयी। उस वक़्त हमने उनसे कुछ नहीं पूंछा था।

आज अख़बार वालो ने जब हाल पूँछा, तब मैंने भी सुना। मैं मानता हूँ की वो कोई लोकल लड़का नहीं था, भोलेनाथ थे जो मेरे माँ बाप को बचने आये थे। उसका दर्शन उसके असाधारण होने की गवाही था। वैसे भी भोलेनाथ अपने भक्तों की रक्षा को किसी भी रूप में आते हैं। मेरे लिये **वो एक लड़का बन कर आये थे।**

मेरे मम्मी पापा मेरे लिया जीवन हैं।

और आज का मंज़र देख कर लगता हैं क्यों और कौनसी गलती कर बैठा मैं। अब शानू का ऍम बी बी अस पूरा हो गया हैं मॉरीशस से और उसने ऍम की आई का एग्जाम भी निकल लिया हैं। भगवन उसे मेरी भी उम्र दे दे। मेरा साया हैं, मेरा छोटा भाई। पर आज मम्मी पापा की नज़रों में

मैं कुछ नहीं हूँ, बस शानू ही शानू हर बात में, कैसे बताऊँ पापा मैं हूँ आपके साथ हमेशा हमेशा।

दिल करता हैं आज उन्हें बतलाऊँ की मैंने आपको खो कर पाया हैं आप मेरे लिया मेरी सांसों जितने ही ज़रूरी हैं। मुझे पता हैं एक दिन वो इस पथ्थर की क़द्र करेंगे और जानेगे की मैं क्या हूँ, मैं हमेशा उनका हूँ और उनके ही लिए हूँ।

आई लव यू मम्मी पापा एंड शानू। ....

आगे का सफर एक जंग

मुझे याद आता है जब मम्मी पापा केदारनाथ यात्रा पर गए थे तब शिखाजी घर आयी थी अपनी एक सहेली के साथ। उन्होंने मुझसे बहुत ज़िद करने पर वादा किया था कि घर आएंगी और मेरे हाँथ का बना खाना खाएंगी। और अपना ये वादा उन्होंने पूरा भी किया, और आयी भी। उस दिन, मैंने दाल बाटी चूरमा बनाया था।

वो आये घर पे मेरे रेहमत हैं

कभी हम उनको कभी घर को देखते हैं

उनके कदमो को खनक जैसे घर से परिचित हैं

वो जिधर जाएँ उधर सुर ही खनक पड़ते हैं।

जैसे एक उम्र से रिश्ता वो बनता हैं यूँही

उनके एहसास को वो खुद में समता हैं यूँही

कबसे खामोश मेरा घर भी बोल पड़ता है

उनकी आमद से वो भी खुश सा नज़र आता हैं।

मेरा घर मेरी ही तरह से मुस्कुराता है।

काफी वक्त निकल गया, मम्मी पापा को उस हादसे से अब बहार आये और ज़िन्दगी को वापस से रफ़्तार देने लगे थे।

मैं जयपुर वापस आ गया और सोचा अगर शिखाजी का हाँथ मांगना हैं तो मुझे जॉब करना होगा। क्या बताएंगी वो की लड़का क्या करता हैं क्या कमाता हैं। इसलिए मैंने भैया से पूंछा और की भैया मैं जॉब करना चाहता हूँ। उन्होंने कहा भारतीय अक्सा लाइफ इन्शुरन्स की ट्रेनिंग चल रही हैं तू भी कर ले। तो मैंने ज्वाइन कर लिया, मैंने सोचा की शिखाजी भी ज्वाइन कर लें तो सही रहेगा। मैंने उन्हें बताया, उन्होंने भी ३ दिन की इस ट्रेनिंग के लिया बात की, उनकी मम्मी मान

गयी और वो भी आगयी। हम ३ दिन एक साथ थे, रात में मैं भैया के घर और वो अपनी बेहन के घर। दिन हमारे होते ट्रेनिंग में हम साथ रहते, साथ ही सारे लेक्चर्स ज्वाइन करते। तीसरे दिन आधे दिन के बाद ट्रेनिंग पूरी हो गयी,एक ऑफिसियल लंच हुआ और हम सभी घर जा सकते थे। पूरा दिन हम साथ रहे और एक दूसरे के साथ टाइम बिताया। रविवार को इम्तिहान था और मेरा वो इम्तिहान निकल गया था।

अब मैंने एक कमरा ले लिया किराये पर और २०००० रूपए की अकाउंटेंट की बजाज इलेक्ट्रॉनिक्स में नौकरी करने लगा। वक्त यूँही गुज़रता रहा,मुझे अच्छे से याद हैं मैंने ७ नवम्बर को मैं और शिखाजी चित्तौर के मशहूर किले पर मिले थे। चित्तौर का किला सारे राजस्थान में मान और इम्मान का उदहारण हैं। ये वो किला हैं जो प्रेम के लिये अमिट बलिदान की कहानी हैं। महारानी पद्मावती ने आत्म बलिदान किया था अपने पति की अमर शहादत के बाद। यह किला हम राजस्थानियों और भारतियों के आन बान और शान का प्रतीक हैं। इस अमर प्रेम के स्मारक पर हमने भी साथ निभाने की शपथ ली और तै किया की हम शादी करेंगे चाहे कुछ भी हो जाये। शिखाजी ने मुझे पहल करने को कहा, बोलीं आप बात करिये पहले अपने घर पर, फिर मैं अपने घर पर बात करूंगी।

मैं पापा को बताता, तो मैंने सोचा एक खत में लिख देता हूँ। और मैंने एक खत में शिखाजी की एक फोटो के साथ अपने दिल की बात लिख दी। जैसे ही खत घर पहुंचा, पापा का फ़ोन आया। पापा मुझसे हाल चाल पूंछने लगे, तभी मम्मी की आवाज़ सुनाई दी, मम्मी कह रही थी बात करिये न। मैं समझ गया मम्मी पापा क्या बात करना चाहते हैं। पापा ने कहा तेरा एक खत मिला हैं, क्या सच हैं ? मैंने कहा हाँ पापा सच हैं, आपका और मम्मी का आशीर्वाद चाहिये और हाँ भी। थोड़ी देर मौन रहा, फिर पापा बोले बेटा हमें कोई दिक्कत नहीं। लड़की जाने पहचाने घर से हैं और जात बिरादरी में हैं, हमें कोई दिक्कत नहीं।

इतना सुन कर मैं ख़ुश हो गया, पैरो तले ज़मीन नहीं रही। मैंने शिखाजी को फ़ोन कर के बताया। की आधी बात तो बन गयी हैं आधी अभी बाकि हैं। उन्होंने कहा ठीक हैं मैंने भी घर पर बताती हूँ। उन्होंने भी एक चिट्ठी में अपने मन की सारी बात लिख दी और चरणों में रख दी। जब उनके पापा सुबह प्रभात वंदना को मंदिर

में गये तब उन्होंने वो चिट्ठी पढ़ी और पढ़ते ही जैसे घर में तूफ़ान सा आगया। उन्होंने बेतहाशा गुस्सा करना और चिल्लाना शुरू कर दिया। शिखा, शिखा कर के ज़ोरों से बुलाया, और पूंछा ये क्या हैं कैसा खात हैं। सच्चा हैं या झूठ। शिखाजी ने चोरों की तरह नज़रें झुका कर कहा सच हैं पापा। अच्छा लड़का हैं पापा, परहेज़ क्यों हैं। उन्होंने अनननफननं में शिखाजी पर हाँथ उठा दिया। उनका फ़ोन छिन गया। सबने बात करना बंद कर दिया

मैं ख़ुशी कैसे बताऊँ, मैं कलमकार नहीं

दर्द का नश्त चुभाऊँ, मैं सितमगार नहीं

एक एहसास हूँ मैं, इश्क हूँ मैं गर्दिश में

कैद हूँ अपने हि में, कोई गुनहगार नहीं

क्या करूँ शिकवा अगर, रूठ गए हैं सपने

क्यों करूँ रश्क अगर, रूत गए हैं अपने

माना तनहा हूँ अभी,

माना तनहा हूँ अभी, पर मैं गलत यार नहीं

लाखों लोगों से भरी शहर में हर बस्ती हैं

पर वो एक शक्स नहीं, हाथ जिसके कश्ती हैं

मैं गिरफ्तार हूँ, अपनों के दिए ज़खमो की

मैं गिरफ्तार हूँ, आँखों में बेस सपनो की

बस गुनाह एक किया, मैंने भी इश्क किया

यूँ तो सब करते हैं, पर मानने से डरते हैं

मैंने पुरज़ोर ये माना कि मैंने इश्क किया

क्यों सज़ा दिल के गिरफ्तारों को

क्यों मज़ा झूठ के बाज़ारों को

क्यों सज़ा हीर को साहिबा को

प्यार है एक इबादत जो सभी करते हैं

हमने भी खुल के किया इश्क यही कहते हैं

हमने भी खुल के किया इश्क यही कहते हैं।

शिखाजी के पापा ने मेरा नंबर लिया और मुझे कॉल कर के चित्तौर बुलाया। साथ ही यह भी कहा की अकेले ही आना। मैं गया चित्तौर, वहां अंकुर ने कोचिंग खोल रखी थी, उसके पास गया और बताया सारा

किस्सा सुनाया, वो भी सुनते ही भड़क गया और मुझे बात करनी ही बंद कर दी। सोचा था दोस्त हैं मुझे समझेगा पर वो एक कट्टर भाई निकला। मुझे आज तक उसने या किसी और ने अंकुर के मेरा साथ न देने की वजह नहीं बताई। आखिर क्यों उसने मेरा साथ नहीं दिया ? क्यों - क्या उसे मुझ पर यकीं नहीं था, या कोई और वजह। जिससे मुझे सबसे ज़्यादा उम्मीद थी उसी ने मेरा साथ छोड़ दिया। दोस्त को दोस्त पर यकीन क्यों नहीं रहा ? कभी मौका मिलेगा तो ज़रूर पूँछूँगा अंकुर से, के यार क्यों तुझे अपने दोस्त पर भरोसा नहीं रहा ? वो मेरा दोस्त आज भी हैं पर बात नहीं होती, अभी कुछ वक्त पहले अंकुर ने अपने नए घर में गृहप्रवेश के अवसर पर मुझे बुलाया पर मैं उससे बात भी नहीं कर सका। शिकवा हैं उससे और हक़ भी हैं आखिर सबसे प्यारा दोस्त हैं मेरा। खैर मैं अकेले गया अंकल जी से मिलने। मुझे देख कर गर्म हुए। बोले बैठो, आगे जो वो बोलने वाले थे मुझे उसका अंदाज़ा था। क्यूंकि शिखाजी ने मुझे फ़ोन कर के सारा हाल रो रो कर सुनाया था। मैं जनता था उनके पापा मेरे खिलाफ हैं।

उन्होंने मुझे कहा मैं तुम्हारे या शिखा के खिलाफ नहीं हूँ, बस लव मैरिज के खिलाफ हूँ. देखो बेटा शादी तो नहीं होगी, तुम मेरी बच्ची से दूर रहोगे और किसी भी कीमत पर उसके आस पास भी नहीं फाटकोगे। मैंने उनसे बस एक बात पूँछी, अंकल जी जात एक हैं, मैं कमाता हूँ, मेरे पापा को आप बहुत अच्छे से जानते हैं , हमारे पारिवारिक सम्बन्ध हैं, और मुझमे कोई ऐब भी नहीं है फिर ये इंकार क्यों। उन्हे जो कहा वो मुझे

ज़्यादा समझ नहीं आया। उनका कहना था मुझे लव मैरिज पसंद नहीं नहीं दूंगा।

वो वापस चले गए, मेरे लिए शिखाजी से बात करना नामुमकिन हो गया। मैं जयपुर चला गया और जॉब में लग गया, दिन तो काट जाते शाम को याद सताती, तो दर्द को काम करने के लिया मैं गाने बजता, गिटार पर। मुझे गिटार बजने का खासा शौक हैं।

मेरे दिन तो जॉब के सहारे काट रहे थे। उनके जाने कैसे काटते होंगे ?

ये वक्त बहुत मुश्किल से कटा था शिखाजी के लिए। वो मुझे फ़ोन कर सारा हाल बतातीं। उनकी तकलीफ मेरी आँखों से बह जाया करती थी। मैंने भी इस दर्द से तडपता रहता था। कुछ दिन तो फ़ोन उनके पास था। तो वो मुझे खुद पर बीती सुना कर दिल हल्का कर लेती थी। पर धीरे धीरे उनके घर का माहौल उन्हें लिया बिगड़ता ही चला गया। उनका छोटा भाई रवि उनके बहुत नज़दीक था, पर इन हालातों के चलते भी शिखाजी से काटने लगा। कभी भी कुछ भी बोल देता और शिखा कोई जवाब नहीं दे पातीं। जवाब देती भी क्या, इश्क कोई बता कर नहीं होता और सबमे इश्क को अपनाने की माद्दा भी नहीं होता। प्यार तो सब कर लेते हैं, पर प्यार को सब स्वीकार नहीं कर पाते। पर हाँ इतना तो पता है की प्यार कीमत भी मांगता हैं और इम्तेहान भी लेता हैं। तो यहाँ भी ले ही रहा था।

एक सुबह शिखाजी भगवन की पूजा कर के आयी। जाने कैसे उनके हाँथ से पूजा की थाली गिर गयी, वो डर गयी, तभी शानू उन पर चिल्ला पड़ा, जब आंटी ने उसे बड़ी बेहेन से इस तरह बात करने पर डांटा तब से उसने बोलना ही छोड़ दिया शिखा से। उनके बहते हुए आंसू किसी ने पोंछने की कोशिश भी नहीं की। जाने ऐसा क्या गुनाह हो गया था, वो खाना खाने आती तो उनकी मम्मी को छोड़ कर बाकि सब खाने से ही उठ जाते थे। वो जहाँ बैठती वहां कोई नहीं बैठता। और जैसे ही सब उठ कर जाते उनकी आँखों से आंसुओ की लड़ियाँ गिर पड़ती। उनकी मम्मी उनकी तकलीफ समझती, उनका दर्द जानती और अपनी बेटी के दिल का हाल भी जानती, पर कुछ नहीं कहतीं। एक बार उन्होंने रवि से कहा बेटा बेहन हैं बड़ी से बात कर लिया कर। तो रवि ने सीधा सा जवाब दिया था की मम्मी ये वो हैं जिसके लिया वो खुद जिम्मेदार हैं, हम तो बस वही कर रहे है जो वो डेसेर्वे करती हैं। इसके आगे उनकी माँ कुछ भी नहीं कह पायी।

जब शिखा जी ने मुझे बताया मैंने कहा, मैं बात करूँ रवि से, उन्होंने कहा नहीं, वो आप से बात नहीं करेगा। फिर एक टाइम आया जब शिखाजी की चहेरी बेहेन ने उन्हें मुझसे बाटी करते सुन लिया, फिर क्या था उनका फ़ोन भी छिन गया। अब मुझे उनके हाल चाल भी पता नहीं चलता। बस कभी कभार मौका मिलने पर वो लैंडलाइन से मिस्स्कॉल करती तो मैं पलट कर फ़ोन कर लिया करता था। उनका हाल मैं ऐसे बयां कर सकता हूँ उनका हाल मैं ऐसे बयां कर सकता हूँ। वो रोटी बहुत थी

उन दिनों और आँखें अक्सर सुर्ख रहा करती थी, आँखे सुर्ख और अंचल गीला रहता था। आँखे साफ़ बताती थी की वो अपने परिवार को मिस करती थी। मुझ पर तो पूरा यकीन था की मैं उनके साथ हूँ, पर उनका अपना परिवार हर पल साथ रह कर भी साथ नहीं था। जानते सब थे पर वो सबकी नज़रों में गुनेहगार थी। और गुनाह क्या था सही से पता भी नहीं था। न लव जिहाद, न बिरादरी का अंतर, फिर भी बैर था। मैंन कहता हूँ बस समझ का फेर था। वैसे भी ज़िंदगी में कुछ भी सही या गलत नहीं होता, कोई चीज़ किसी एक के लिया सही तो दूसरे के लिया

गलत होती हैं। मैं उन्हें समझाता था की शायद प्रेम विवाह को लेकर अंकल जी का कोई अनुभव होगा जो खारा था, इसीलिए वो हमारे प्यार को समझ नहीं पा रहे। हमारी ४ साल की इस मुहोब्बत में ये एक साल सबसे भरी था। मैं उनकी समझाता था की अक्सर सवेरा तभी होता हैं जब दिन होने वाला होता हैं। रौशनी की पहले किरण कालिख की गोद से ही निकलती हैं।

कभी तो लगता था उन्हें समझा पाया, कभी हार जाता था, उनसे भी और खुद से भी। उस वक्त मुहोब्बत को ज़िंदा रखना मुश्किल हो रहा था और खुद को भी।

दरख्तों से झांकती हुई सूरज की खुशबू

और मध्दम आती हवाओं की महक

यूँ तो बहुत धीमी है , और जुल्फ की इक लट को

खुद में उलझा कर जाती हैं।

चाह कर भी वो एक नन्ही से नुख्ती

जो लिपट आयी हैं तेरे रुखसार से

वो तेरे लबों पे हंसी की एक झलक की

तलबगार हुई जाती हैं।

उसे काफिर न समझ मेरा ही मौजूं है वो

जो मेरे वास्ते तेरी तन्हाई लेने आया हैं।

यूँ जो खिड़की के सहारे तू बैठी रहती हैं

ये जो आँखों से नग्मे बहाये रहती हैं

ये भी तो सोच यही खिड़की कभी धुप लेकर आती थी

कभी हवा के झोको को भीतर तेरी टेबल पे सजा जाती थी

कभी बारिश की नन्ही बूंदो से

तेरी किताबों पे मोती बखेर जाती थी

आज वही खिड़की तेर आंसुओं के बोझ से दब जाती हैं

सब्र रख मैं शहनाई लेकर आऊँगा

 तेरे इसी खिड़की को फिर चिड़ाउंगा

तेरे होंठो पे हंसी देखने की

इसकी हसरतों को अंजाम देने की

सारी रस्मे ए मेरी जान

मैं उसी दिन निभाऊंगा।

एक साल ज़िन्दगी ऐसी ही चलती रही। क्यूंकि ऐसे जीना तो नहीं कहते। मैंने ही शिखाजी से कहा था , की अगर हमें ये जंग जीतना हैं तो ज़िंदा रहना पड़ेगा। आप कहीं जॉब कर लें वक्त गुजर जायेगा और जीना भी थोड़ा आसान हो जायेगा। वो मन गयी और उन्होंने एक स्कूल में पढ़ना शुरू कर दिया , और शाम को टूशन पढ़ने लगीं। थोड़ा वक्त काटना आसान हुआ , पर मुश्किलें काम नहीं हुई क्यूंकि दिल का शोर बढ़ता ही जा रहा था। जब भीतर शोर हो तो बहार शांति कैसे हो सकती हैं। आखिर दिल कोई समंदर तो नहीं हैं। दिल दिल ही तो हैं। रोज़ सुबह उठ कर वो सोचती आज कोई उन से करेगा पर ऐसा नहीं होता। रोज़ सुबह की पहली किरण उम्मीद लाती थी और नाश्ते के वक्त तक उस उम्मीद का बांध ढह भी जाता। फिर खुद से लड़ती और फिर हार जाती। पर करें क्या, कोई प्यार को स्वीकार करने ही तैयार नहीं। बार बार वो खुद से पूंछती प्यार

क्या इतना बड़ा गुनाह है, क्या मैं इतनी बुरी हूँ। पर कोई जवाब नहीं आता, माँ भी तो बात नहीं करती थी, पर इतना पता था की उन्हें चाहती है।

धीरे धीरे और रिश्ते आते रहे, और वो मना करती रहीं। और हर बार उनके पापा उन पर नाराज़ होते रहे। और वो भीतर ही भीतर टूटती रहीं। हैसे हैसे वक़्त बीत रहा था, हम दोनों ही उदास होते जा रहे थे। एक वक्त आया हमने सोचा साथ जी तो नहीं सकते। पर शायद मर सकते हैं। और ये करना भी चाहते थे पर फिर दोनों ही रुक गए, जब आँखों के सामने से सारा बचपन हो कर गुज़र गया। कैसे पापा ऊँगली पकड़ कर चलना सिखाते थे। कैसे माँ हमारे सारे नाज़ उठती थी। आँखों के सामने से सारा बचपन गुज़र गया और हम दोनों ने ही आत्महत्या का ख्याल छोड़ दिया। कैसे हम अपनी घुटन और दर्द से आज़ाद होने के लिये अपने माँ बाप की उम्र भर की कमाई ख़त्म कर सकते हैं। माँ बाप की कमाई धन दौलत नहीं औलाद होती हैं। और शिखाजी तो और भी डर गयी, एक बेटी तो मर भी नहीं सकती, वर्ना समाज उसके साथ उसके सारे परिवार को भी मरने पर मज़बूर कर देता हैं। मेरी जब शिकजी से बात हुई वो बहुत कमज़ोर लग रही थी, न जिया जाये न मारा जाये। बोलीं मैंने सबसे ज़्यादा प्यार अपने पापा से करती हूँ। उनकी इज़्ज़त के लिये मर नहीं सकती, लेकिन आप से भी इतना प्यार तो करती ही हूँ की आपके बिना जी भी नहीं सकती, तो अब मनाऊंगी मैं

अपने पापा को आपके लिये हर हाल में। १३ मई को मेरा के मेरा सी ऐ का एग्जाम था जो आगे बढ़ गया था। अब एग्जाम २४ मई को था। तभी मेरे पास फ़ोन आया। दूसरी तरफ शिखाजी थी, आवाज़ धीमे थी, दर्द बहुत था आवाज़ में। उन्होंने कहा मुझे आपसे ही शादी करनी हैं, हालातों को देख मैंने कहा भाग कर शादी कर लेते हैं। उन्होंने मना कर दिया, बोली सबको मनाएंगे चाहे कुछ भी हो जाये। इस बीच उनके घरवाले काफी जल्दी में थे। शिखाजी को एक लड़के से मिलवाया गया, उसे शिखाजी पसंद थी। शिखाजी ने उसे कह दिया की मैं आपको सच बताना चाहती हूँ, की मैं आज किसी से बहुत प्यार करती हूँ और उसके साथ ही जीना चाहती हूँ, पर अगर आपके साथ मेरी शादी होती हैं तो मैं आपके लिया पूरी ईमानदारी रखूंगी। लड़का समझदार था वो सारा मामला समझ गया और मना कर दिया। यहाँ मेरी भी शादी के लिये बात की गयी, मैंने भी कोई जवाब नहीं दिया। घर वाले समझ गए उनके और मेरे भी।

पापा शायद मेरा दर्द समझते थे बोले ऍम बी ऐ करने पुणे चले जाओ, मैं भी उदास और ग़मगीन था। चला गया पुणे। ऐसी बीच एक वाक्य याद आता हैं। पापा मम्मी की केदारनाथ यात्रा के बाद एक साल बीत गया। उनकी २५वी शादी की सालगिरह आयी, मैंने मानाने की ठानी और दीदी जीजू ने साथ दिया। मेरे लिए वो पहला मौका था जब मैं कोई बड़ा काम कर रहा था। हमने सबने और बड़े पापा ने मिल कर ये फंक्शन किया।

मैंने, बबली दीदी, महेश जीजा और शानू ने इस फंक्शन की सारी तैयारियां की थी। हमने सबसे पहले मेहमानो की एक लिस्ट बनाई थी। और अपने मुहल्ले से भी सभी घरों में जाकर खुद सबको निमंत्रित किया था। और यह भी कहा था की यह एक तोहफा हैं मम्मी पापा के लिया इस लिया कोई उन्हें न बताये। खाने पीने और सजावट के सारी ज़रूरतों की पहले लिस्ट बनाई गयी। मैंने तो ऐसे किसी भी काम के लिया नया था, पर बबली दीदी को खाने के इंतज़ामात का अंदाज़ा था और उन्होंने ही लिस्ट भी बनाई थी। मैंने पापा मम्मी के लिया नया जोड़ा भी लिया था। और सब लोगो के ठहरने का इंतज़ाम वहां किया जहाँ फंक्शन था। जो रिश्तेदार दूर थे उन्हें ७ दिन पहले और जो पास थेउन्हें २ दिन पहले बुलाया और ये भी बताया की मम्मी पापा को कुछ न बताएं। सालगिरह वाले दिन मम्मी पापा आराम से स्कूल के लिये निकल गए, सबने हमारा साथ दिया और उन्हें किसी ने विश किया। तभी ९ बजे करीब मामाजी ने मम्मी को फ़ोन कर के कहा की कहाँ हो तुम, यहाँ सरे मेहमान पहुंचे हैं। मम्मी के आश्चर्य की सीमा नहीं रही। मम्मी जल्दी से घर आयी, मुझसे पूंछा ये क्या हैं। मामाजी क्या कह रहे हैं तब मैंने उन्हें बताया। पापा भी आगये थे उन्होंने भी सुना, वो दोनों रो पड़े बस इतना ही बोले "तू इतना कब हो गया पता ही नहीं चला ", फिर मम्मी ने मेहँदी भी लगवाई और हम सब फंक्शन पहुंचे। सारी सजावट देख कर मम्मी पापा फिर रो पड़े। देखते ही देखते सब ख़ुशी में बदल गया और मम्मी पापा को ख़ुशी देने में कामयाब हुए , हमने उनके फेरे भी

डलवाये और एक बार फिर से उन्हें शादी के बंधन में बांध दिया। उनके वो मुस्कुराते चहरे मुझे आज भी हंसा जाते हैं।

हमें उनके लिया गण भी बजाय था

तारे हैं बाराती, चांदनी हैं ये बारात

सतो फेरे लेंगे हम हांथो में लेकर हाँथ

जीवन साथ हम, दिया एयर बाती हम।

फिर पापा ने मम्मी की मांग भरी और मंगलसूत्र पहनाया। और ये प्यारा जोड़ा एक बार फिर दूल्हा दुल्हन बन गया।

और मैं यह कह सकता हूँ ये एक कामयाब काम था। सबने मुझे मान दिया और मम्मी आप बहुत खुश हुए। मैं वास पुणे चला गया और शानू ऍम बी बी अस करने मॉरीशस।

ऐसी बीच शिखाजी के घर वाले जगन्नाथजी गए दर्शनों को, उन्हें भी साथ ले गए। वहां से लौट कर माहौल उथल पुथल का था। उनके दिलों कसक थी, इस लिये वो माता के मंदिर गए और वहां पाती मांगी। मातारानी ने तुरंत ही पाती दे दी।

यानी हाँ कर दी और बता दिया की यह सम्बन्ध उनका ही बनाया हुआ है। तब शिखाजी के मम्मी पापा को यह सब मन्ना पड़ा। उन्होंने कुंडलियां भी बिचारवाई तो कुंडली भी मिल गयी, मानो ईश्वर के बनाये इस जोड़े को सबका आशीर्वाद मिल गया।

अब उनके मम्मी पापा भी इस शादी के लिया मान गए। पूणहोने शिखाजी को मुझे फ़ोन करने को कहा। और कहाँ की मैं अपने पापा से उनसे बात करने को कहूं। अभी हम खुश नहीं हो सके, क्यूंकि एक और अड़चन राह में थी।

शादी के लिया दोनों के माता पिता तैयार हैं पर एक दुसरेसे बात करने को नहीं। मैंने पापा से कहा, तब मुझे पता चला मेरी ख़ुशी के लिया पापा शिखाजी के पापा से बात कर चुके हैं। और पार्क में यह मुलाकात बड़े पापा ने करवाई थी। तब उनके पापा ने मेरे लिया काफी बुरा कहा जो मेरे पापा सेहेन भी न कर सके। आखिर कैसे करते, शब्द ऐसे थे जो पापा को भीतर तक चुभ गए। पापा ने कहा तेरे लिया बुरा भला वो बोल कर गए थे, मैंने उनकी नेति के लिया कुछ भी नहीं कहा, मैं क्यों बात करूँ। उधर शिखाजी के पापा अपनी भाषा पर शर्मिंदा थे। समस्या यह थी की दोनों ही बात नहीं करेंगे तो होगी कैसे। मैं बड़े पापा के पास गया और बताया की दोनों तैयार हैं पर एक दूसरे से बात करने को बिलकुल तैयार नहीं हैं। तब बड़े पापा ने कहा तू जा मैं देख लूँगा।

बड़े पापा ने क्या जतन किये मेरी ख़ुशी के लिया मुझे नहीं पता। बस किसी तरह दोनों को मन लिया। फ़ोन पे बात हुई, पापा ने उनके पापा को बुलाया और घर पधारने का निमंत्रण दिया। बात हुई दिवाली के बाद मिलेंगे। ये दिवाली हमारे लिया कई रंगो वाली थी। जिसे हमने इतने वक्त बाद झूम कर जिया। जैसे मन को पंख लगे थे, ख़ुशी का कोई

ठिकाना नहीं था। २६ को उनके मम्मी पापा घर आये भीलवाड़ा। मेरे दोनों बड़े पापा और दोनों बड़ी मम्मी भी आयी थी। बात हुई, मुँह मीठा करवाया गया और सगाई की तारीख निकली गयी ३ दिन बाद का महारत

था, तो ३० अक्टूबर को हमारी सगाई हुई। फिर तो ज़िन्दगी मिल गयी , हर ख़ुशी मिल गयी, मुझको तू मिल गयी। और १२ मार्च को हम एक बंधन में बांध गए। १२ मार्च का वो मंज़र मुझे याद हैं। घर में सब तरफ बहुत चहल पहल थी। सब सजने में लगे हुए थे, मम्मी एक पैर से सारे घर में भाग रही थीं। सारा काम उनके ही जिम्मे था। मैंने तो हल्दी चढ़ाये बैठा था। जीजाजी मुझे सजा रहे थे, और शानू मेहमानो के नाश्ते का इंतज़ाम कर रहा था। पापा भी लगे हुए थे सारे इंतज़ाम की सही जाँच करने में, क्यूंकि आज उनके बड़े बेटे की शादी जो हैं। अब सवाल है की मैं किस इंतज़ार में था। तो मैं बारात लेकर उनके घर जाने के इंतज़ार में था। बारात चढ़ी, मैं सजा और इंदौर को निकल पड़े सभी।

रात जब हम वहां पहुंचे द्वारचार हुआ और तब जाकर मैं स्टेज पर बैठा था। सारे दोस्त खुश थे, सब खुश थे और मैं बस एक बार अपने सपनो की रानी को नज़र भर देखना चाहता था। एक सपने जैसे रात थी वो, एक साल के बेंहटा दर्द के बाद वो सजीली रात आयी थी। मैं अपने खयालो में खोया था तभी दी जे पर गण बदल गया, और बजा बहरो फूल नर्सो मेरा मेहबूब आया हैं। मैंने उन्हें देखता ही रह गया,

सुर्ख लिबास में शरमाई सी तू

नूरे महताब में महकाई सी तू

लाल जोड़े में सजी, जैसे ख्वाबो की लड़ी

झुकी पलकों में सिमट आयी सी तू

रंग भी नूर भी पुरवाई सी तू

रब से मांगी जो दुआ

दुआ के रंग में घर आयी सी तू

मेरी दुल्हन मेरी चाहत सारी खुदाई सी तू

ये रात हमारे ख्वाबों की रात थी। प्यार मुकाम पाने की रात थी। इस रात ने हमें जीना सिखाया, और हमारी चाहत एक पवित्र रिश्ते में बांध गयी। जब मैंने तुम्हारी मांग भरी तब तुम्हे खुदा से हमेशा के लिये चुरा लिया और अपना हमनवा बना लिया।

एक डायलाग याद आता हैं

के अगर आपकी चाहत सच्ची हैं

तो सारी कायनात तुम्हे अपने चाहत से मिलवाने की साज़िशों में जुट जाती हैं।

हमें तो मिलना ही था, ये नसीब में लिखा था क्यूंकि जोड़े तो आसमानो में बनते हैं, और साथी एक नहीं कई जन्मे के होते हैं। मुझे मेरा साथी एक जंग लड़ के मिला। और ऐसी के साथ मैं कहूंगा की

प्यार सही होता हैं, ये प्यार एक इबादत है, कोई गलत कदम उठा कर के इस इबादत को बदनाम मत करिये। सच्चा प्यार हमेशा मिलता हैं।

तू मिले तो ज़िन्दगी और हसीं हो गयी

खुद से भी मैं मिल सका ज़मीन भी नूर हो गयी

और आज हम पति पत्नी हैं, हम साया हैं, हमसफ़र हैं। आपबीती पर किताब लिखने का यह ख्याल मुझे इस लॉकडाउन में आया। और एक सवाल भी की प्यार तो सबको जीवन देते हैं। हँसता हैं, सांसे देता हैं, और ज़िंदा रखता हैं। फिर प्यार से परहेज़ क्यों हैं ?

एक बार ज़रूर कहूंगा की

ये इश्क नहीं असां बस इतना समझ लीजिये

एक आगका दरिया हैं और डूब के जाना हैं।

शादी के बाद हम वापस से शिरडी दर्शन करने के लिया गए बाबा को शुक्र अदा कर के आये। हमें मिलाने के लिए।

कभी सुना हैं दरवाज़े के कोने से झांकती दो मदहोश आँखों को

कभी सुना हैं दरवाज़े के कोने से झांकती दो मदहोश आँखों को

कभी सुनी है रसोई से आती चूड़ियों की खनक को

मैंने पहले कभी सुना नहीं पायल की आवाज़ों को

पर जब से मेरे नाम की पायल खनक आयी हैं तेरे पैरों में

जब से मेरे नाम की चूड़ियां छनकती हैं तेरे नरम हाथो में

तब से मैं कुछ रोटियां ज़याद ही खाता हूँ

तेरी मीठी आवाज़ पर इतरा सा जाता हूँ

के अब कोई सिर्फ मेरा, मेरे नाम का हैं

माँ के इलावा भी कोई मेरे एहसास का हैं

कोई मेरे वास्ते अपने सारे रिश्ते छोड़ आया हैं

मुझे अपनाने के लिए किसी ने मुझसे ज़्यादा हौसला दिखाया हैं

वो मेरे साथ मेरे गम मेरी मुस्कुराहट भी जीती हैं

वो मेरे साथ मेरा भाग्य भी बाँट लेती हैं

यूँ तो बीवी पर लोग जुमले सुनाते हैं

जब बैठे चार यार तो बीवी के नाम पे जुमले बनाते हैं

पर हर शौहर ये खूब जनता है

की बीवी ही हैं वो आपके इंतज़ार में उम्र गावती हैं

कभी ममतामय हो जाती हैं

कभी मेहबूबा बन जाती हैं

कभी बच्चे सा दुलराती है

कभी तीर पे तीर चुभती है

मेरे मान की रक्षा करने को कभी रणचंडी बन जाती हैं

हर बार यही बिन कुछ बोले कर जाती हैं

" कार्येषु दासी, कार्येषु मंत्री ;

भोजश्च माता, शयनेषु रम्भा ;

क्षमयेषु धरित्री, रूपेषु लक्ष्मी ;

सत्कर्म युक्ता, कुलधर्म पत्नी।